यहूदी की लड़की

आग़ा हश्र कश्मीरी

पूरा नाम : आग़ा मुहम्मद शाह हश्र।

जन्म : 4 अप्रैल, 1879 को बनारस में।

शिक्षा : स्कूल में सिर्फ़ छठी कक्षा तक पढ़ पाए। स्वाध्याय से फ़ारसी, अरबी, उर्दू, अंग्रेज़ी तथा हिन्दी आदि विभिन्न भाषाओं का ज्ञान प्राप्त किया।

रचनाएँ : पहला नाटक 'आफ़ताबे-मुहब्बत' नाम से सन् 1897 में फ्रेंड्ज़ क्लब, बनारस के लिए लिखा। उसके बाद लगभग पच्चीस नाटक और लिखे, जिनमें सर्वाधिक चर्चित हुए–यहूदी की लड़की, रुस्तम-सोहराब, असीरे-हिर्स, सैदे-हवस और ख़ूबसूरत बला।

उर्दू के अलावा आग़ा हश्र ने हिन्दी में भी कई नाटक लिखे, जिनमें सर्वाधिक ख्याति मिली 'सीता बनवास' को। उनके अन्य हिन्दी नाटक हैं–बिल्वमंगल सूरदास, बनदेवी, भीष्म, लव-कुश आदि।

आग़ा हश्र ने अपनी दो नाटक कम्पनियाँ बनाईं : 'दी ग्रेट एल्फ्रेड थेट्रिकल कम्पनी' तथा 'इंडियन शेक्सपियर थेट्रिकल कम्पनी ऑफ लाहौर'। सन् 1934 में उन्होंने 'हश्र पिक्चर्स' नाम से अपनी एक फ़िल्म कम्पनी भी स्थापित की। उन्होंने चार फ़िल्मों (शीरीं-फ़र्हाद, यहूदी की लड़की, औरत का प्यार तथा चंडीदास) के स्क्रिप्ट भी लिखे।

निधन : 28 अप्रैल, 1935 को लाहौर में।

आग़ा हश्र कश्मीरी

यहूदी की लड़की

सम्पादन एवं लिप्यन्तरण

अब्दुल बिस्मिल्लाह

राजकमल पेपरबैक्स

राजकमल पेपरबैक्स में
पहला संस्करण : 1988
चौथा संस्करण : 2015

राजकमल पेपरबैक्स : उत्कृष्ट साहित्य के जनसुलभ संस्करण

राजकमल प्रकाशन प्रा. लि.
1-बी, नेताजी सुभाष मार्ग, दरियागंज
नई दिल्ली-110 002
द्वारा प्रकाशित

शाखाएँ : अशोक राजपथ, साइंस कॉलेज के सामने, पटना-800 006
पहली मंजिल, दरबारी बिल्डिंग, महात्मा गांधी मार्ग, इलाहाबाद-211 001
36 ए, शेक्सपियर सरणी, कोलकाता-700 017

वेबसाइट : www.rajkamalprakashan.com
ई-मेल : info@rajkamalprakashan.com

बी.के. ऑफसेट
नवीन शाहदरा, दिल्ली-110 032
द्वारा मुद्रित

मूल्य : ₹ 80

आवरण : राजकमल स्टूडियो

YAHUDI KI LADKI
A play by Agha Hashra Kashmiri

ISBN : 978-81-267-0252-7

भूमिका

जब-जब पारसी थियेटर का ज़िक्र होता है, आग़ा हश्र कश्मीरी का नाम अपने-आप आ जाता है। आग़ा हश्र कश्मीरी उर्दू और हिन्दी-दोनों ही रंगमंचों पर समान रूप से छाए रहे हैं और अब वे नाटक की दुनिया में क्लासिक बन चुके हैं।

आग़ा हश्र कश्मीरी की कार्य-पद्धति शेक्सपियर की कार्य-पद्धति से बहुत मेल खाती है। दोनों ने ही व्यावसायिक नाटक कम्पनियों के लिए नाटक लिखे, तथाकथित आभिजात्य रंगमंच के लिए नहीं। दोनों ही नाटककारों का उच्चस्तरीय साहित्यिक मूल्यांकन हुआ। शेक्सपियर का कुछ ज़्यादा, आग़ा हश्र कश्मीरी का कुछ कम। लेकिन यह तो सभी जानते हैं कि आग़ा हश्र उर्दू-हिन्दी के एक महत्त्वपूर्ण नाटककार हैं।

आग़ा हश्र का समय लगभग वही है जो प्रेमचन्द का है। यानी नाटक की दृष्टि से देखें तो जयशंकर प्रसाद का समय। हिन्दी में जयशंकर प्रसाद के नाटकों में एक काव्यात्मक और दार्शनिक ऊँचाई ज़रूर प्रस्तुत की, किन्तु भारतेन्दु हरिश्चन्द्र ने रंगमंच को जो जनाधार प्रदान किया था, वह प्रायः स्खलित हुआ। इस प्रकार भारतेन्दु और प्रसाद के बीच में एक बड़ा गैप नज़र आता है। अगर यह कहा जाए तो शायद अत्युक्ति न होगी कि आग़ा हश्र कश्मीरी के नाटकों ने इस गैप को बहुत दूर तक ख़त्म करने की सार्थक कोशिश की है।

यह सच है कि आग़ा हश्र कश्मीरी ने पारसी थियेटरों के लिए नाटक लिखे और उसका उद्देश्य व्यावसायिक था, पर उनके नाटकों की संरचना में व्यावसायिकता का सस्तापन कहीं नहीं दिखाई पड़ता। बल्कि इसके विपरीत उनकी अद्भुत कल्पना-शक्ति, कवित्व-गुण और स्वस्थ रोमांस की ही छटा सर्वत्र दिखाई पड़ती है। आग़ा हश्र की भाषा में जादू का-सा असर है और वह दर्शकों को आन्दोलित कर देने

की क्षमता रखती है। इस दृष्टि से देखें तो आग़ा हश्र कश्मीरी सही अर्थों में जनता के नाटककार हैं।

'यहूदी की लड़की' आग़ा हश्र का एक बहुचर्चित नाटक है। एक पुरानी फ़िल्म 'यहूदी' की पटकथा इसी नाटक पर आधारित है। इस नाटक के माध्यम से आग़ा हश्र कश्मीरी ने यहूदियों पर होनेवाले रोमनों के अत्याचार को उभारकर धर्मांधतावाद, सत्ता के अहंकार तथा मानवीय भावनाओं की विजय का मनोरम आख्यान प्रस्तुत किया है। आज जबकि साम्प्रदायिकता अपनी चरम सीमा पर पहुँच गई है और सत्ता का दमनचक्र तीव्र-से-तीव्रतर होता जा रहा है; इस नाटक की प्रासंगिकता और भी बढ़ गई है।

—अब्दुल बिस्मिल्लाह

यहूदी की लड़की

तख़्तः-ए-नाटक[1]

बादशाह : मारकस का बाप
डैसिया : शहजादी, मारकस की महबूबा
कनीशश : राहिबे-सल्तनत[2]
मारकस : राहील और डैसिया का आशिक़
अज़्रा : यहूदी सौदागर
ब्रूटस : मज़हबी रिफ़ार्मर
जोना : शाही ख़ादिमा
राहील : ब्रूटस की बेटी

नीज़[3] चोबदार, सिपाही, मुनादीवाला, गानेवाली सहेलियाँ, सरदार वग़ैरह।

1. अर्थात् नाटक के पात्रों का विवरण, 2. शाही पादरी, 3. इसके अतिरिक्त।

पहला बाब[1]

1. अंक

पहला पर्दा[1]

[सहेलियों का हम्द[2] गाते हुए आना]

[गाना]

वाली, तू जग का है माली!
जल में, थल में तेरे नूर की
तजल्ली[3] देखी मोरेवाली
डाली-डाली कोयलिया कूके
गुन तोरे
बर्गो-बार[4] कोहसार[5] हरा-भरा
कुंजन के बन में
सदफ़[6] के मन में
लाल यमन में, सैयाँ के मन में
वाली तू जग का है माली...

1. दृश्य, 2. प्रार्थना, 3. आध्यात्मिक प्रकाश, 4. पेड़-पौधे, 5. पर्वत, 6. मोती।

दूसरा पर्दा

[महल]

[सहेलियों का गाते दिखाई देना]

सखी जोबन के माते हैं
कैसे तीखे प्यारे नजरिया के बान!
जिन नैनन के संग छेड़ करे
वारे अपनी जान
सखी...

डैसिया : बातें न ऐसी बनाओ, गोइयाँ
बोल न लागे मोको भले
बरखा रैन मोहे सोहे नाहीं
सुख-चन्दर जोत न आए

सब : मानो री जोबन कैसी सुन्दरिया
सुख-दर्शन अमृत वा पर
मानो री गोइयाँ, करो न अभिमान!

[डैसिया का गाना]

वक़्त काँटा-सा खटकता है, निकलता ही नहीं।
दिन अजब छाती का पत्थर है, कि टलता ही नहीं॥
गर्दिशे-तक़दीर से उलटा असर तदबीर का।
वो भी अब मिलता नहीं, जो था मेरी तक़दीर का॥

जोना : प्यारी डैसिया! पहले तो शहज़ादे साहब ने मुझे देखते ही मुँह फेर लिया, मगर मैंने सामने होकर उन्हें घेर लिया।

डैसिया : तब तो ज़रूर खुश होकर मुझे पूछा होगा।

जोना : पूछा न परखा, वहाँ तो कुछ और ही लेखा–

तुम्हें बुत मानकर करता था जो तौक़ीर[1] पत्थर की।
अब उसके दिल में शायद आ गई तासीर[2] पत्थर की॥

डैसिया : तू उसका प्यार क्या समझेगी ए तसवीर पत्थर की।
अगर समझे तो हो जाए बुत बे-पीर पत्थर की॥

जोना : न रक्खो उस बुते-अय्यार[3] का खंजर कलेजे में।
बस अब रख लो तुम उस बुत की जगह पत्थर कलेजे में॥

डैसिया : चुभोती है तू ऐ जल्लाद क्यों खंजर कलेजे में।
ज़बाँ तेरी उतरती है छुरी बनकर कलेजे में॥

जोना : प्यारी डैसिया! शहज़ादे की सवारी आ रही है। अब जी-भरकर देख लीजिए।

[सहेलियों का जाना। डैसिया का आकर शहज़ादे मारकस से इज़हारे-मुहब्बत करना और गाना]

देखो बलमा मोरी बाली उमरिया।
मैं बलि-बलि जाऊँ गरवा लगाऊँ
सजन मोहन को रिझाऊँ
आओ जान!
हुए नैना दुश्मन मेरी जान के।
जिगर पर हैं चरके नज़र बान के॥
दिलदार! ग़मख़्वार! जाँनिसार!
तो पै जोबन अपना वारूँ!
आओ जान!
मर मिटी तेरे लिए और मुझे ध्यान नहीं।
ग़ैर का दर्द न हो जिसमें वो इनसान नहीं॥
ऐ दग़ाबाज़, जफ़ाकार न ठुकरा दिल को।
तोड़ना सहज है पर जोड़ना आसान नहीं।

डैसिया : मारकस! मेरे प्यारे दिलरुबा!

मारकस : डैसिया, तुम यहाँ किसकी फ़िराक़ में?

डैसिया : तुम्हारे इश्तियाक़[4] में
आए न मेरे पास कई दिन गुज़र गए।
अब क्या हम ऐसे आपके दिल से उतर गए॥

---

1. अवज्ञा, 2. असर, गुण, 3.जादूगर, 4. चाहत।

मारकस : जो दिन थे आने-जाने के वो दिन गुजर गए।
अब तो खबर नहीं, किधर आए किधर गए॥

डैसिया : बेवफ़ा! क्या दिल देनेवाले की यही सज़ा होती है?

मारकस : गुबार[1] उसी तरफ़ को जाता है जिधर की हवा होती है।

डैसिया : डियर मारकस! निगाहों का वह मेल क्या हुआ?

मारकस : क्या जानूँ, पुतलियों का वह खेल क्या हुआ?

डैसिया : प्यारे मारकस! तुम्हारी चाल-ढाल, सूरत-मूरत वही है; मगर न वह दिल है, न वह नज़र! हाय-
जो नज़र अब है वो पहले तेरी बेदीद न थी।
इस तरह आँख बदल लेगा ये उम्मीद न थी॥
आख़िर प्यारे मारकस! इस बेरुख़ी का सबब?

मारकस : कुछ नहीं!

डैसिया : इस नाराज़गी का बायस[2]?

मारकस : कोई नहीं।

डैसिया : फिर क्या हो गया?

मारकस : सौदा[3] हो गया

डैसिया : होश-हवास किधर गए?

मारकस : महरूम[4] आरज़ूओं के साथ वह भी मर गए।

डैसिया : तो क्या अब तुम से कोई आस नहीं?

मारकस : उम्मीद दिलानेवाली चीज़ ही मेरे पास नहीं।

डैसिया : वह क्या?

मारकस : दिल!
मैं दिल को रोऊँगा, दिल रोएगा उम्र-भर मुझको।
न मेरी दिल को ख़बर है, न दिल की है खबर मुझको॥

डैसिया : अरे! यह क्या रम्ज़[5], क्या मोअम्मा[6] है?

मारकस : यही, कि दिल अब निकम्मा है। मेरा साथ छोड़ दो, अपना हाथ हटा लो।

डैसिया : मेरा दिल दे दो, अपना हाथ छुड़ा लो।

[मुँह फेरकर शहज़ादे का चला जाना डैसिया का अफ़सोस करना और गाना]

---

1. धूल, 2. कारण, 3. पागलनपन, 4. वंचित, 5. सूक्ष्म बात, 6. पहेली।

किसी ज़ालिम के फन्दे में आना नहीं।
दिल किसी बेवफ़ा से लगाना नहीं॥
उसकी ज़ुल्फ़ों में दिल को फँसाना नहीं।
हाय! ज़ालिम को इस दिल ने जाना नहीं॥
चाह करना किसी ने भी जाना नहीं।
प्यार करने का गोया ज़माना नहीं॥

[डैसिया और सहेलियों का मिलकर गाना]

डैसिया : मोहे काहे आली री, पियरवा तरसावे।
सारे ग़म जियाँ कलपनियाँ जल गैयाँ सैयाँ

सहेली : आहें यह भरना, जिया में जलना।
सर को करो न हलकान, जीशान[1]!

डैसिया : पीत ने मारी बिरहा कटारी, जाए जिया के पार।

सहेली : दुखहारी, ऐ प्यारी! हर बारी हमदारी।

डैसिया : गए छाँड़ मोहे बलमा, इक आग लगी है तन माँ
जल ख़ाक भई मन माँ, दुख देत है अब सैयाँ

सहेली : बेक़रार बार-बार होकर चैन रखो जान

डैसिया : मोहे काहे...

1. शानवाली।

तीसरा पर्दा

[रास्ता]

[राहील का गाना]

दिल तीरे-अदा का निशाना हुआ।
यह निशाना हुआ है दीवाना हुआ॥
था अपना मगर अब बेगाना हुआ।
आँख मिलते ही ज़ालिम रवाना हुआ॥
दिल तीरे-अदा...
शैदा[1] हुआ यह दिल नाज़ुक बदन पर
गुँचा-दहन[2] पर
तेरे होंठ हैं लाले-यमन[3]
यह ज़ुल्फ़ है मुश्के-ख़तन[4]
कैफ़े-शराब[5] हस्ती है इक अजाब हमको।
ज़ंजीरे-आतशीं[6] है मौजे-शराब हमको॥
आराम हिज्र[7] की शब आए तो क्योंकर आए।
है मौत ही मयस्सर हमको, न ख़्वाब हमको॥

[मारकस का यहूदी लिबास में आना]

मारकस : करती है आतिशे-ग़म तेरी कबाब हमको।
फूँके ही जा रहा है यह इजतनाब[8] हमको॥
उल्फ़त में तुम परीशाँ, फ़ुर्क़त[9] में हम हैं नालाँ[10]
वाँ इज़तराब[11] तुमको याँ इज़तराब हमको॥

---

1. फ़िदा, 2. मुख रूपी कली, 3. यमन देश के लाल-मणि, 4. खतन (तुर्किस्तान का एक शहर, जहाँ की कस्तूरी प्रसिद्ध है) की कस्तूरी, 5. शराब की कैफ़ियत, 6. आग का फन्दा, 7. विरह, 8. मनाही, निषेध, 9. वियोग, 10. दुखी, 11. दुख।

प्यारी राहील, मेरी यह ख़्वाहिश है कि तुम चेहरे पर नकाब डाले बग़ैर घर से बाहर न निकला करो।

राहील : क्यों प्यारे, इसकी वजह?

मारकस : इसकी वजह यह है कि जिस तरह बारिश से धुले हुए साफ़ आसमान पर चाँद की शुआएँ[1] दूर-दूर फैल जाती हैं तो सारी दुनिया मस्ती में डूबी हुई पुरशौक़ निगाहों से उसकी दिलफ़रेबी पर कुर्बान होने लगती है, उसी तरह जब तुम्हारे गुलाबी रुखसारों के अक्स से कायनात[2] का ज़र्रा-ज़र्रा जगमगाने और हँसने लगता है तो क़ुदरत की मखलूक[3] ही नहीं, खुद क़ुदरत भी तुम्हें प्यार से देखने लगती है–

है नज़र कातिब[4] की अपने हाथ की तहरीर पर।
खुद मुसव्वर[5] ही लूटा जाता है इस तसवीर पर॥

राहील : तो क्या प्यारे, तुम रश्क़[6] करते हो?

मारकस : रश्क! मैं इस लिबास से रश्क करता हूँ जो तुम्हारे ख़ूबसूरत जिस्म को हर वक़्त आग़ोश में लिये रहता है, मैं इस गले के हार से रश्क करता हूँ जो इस दिलफ़रेब सीने के उभार को हर वक़्त बोसे दिया करता है, मैं हवा के झोंके पर रश्क करता हूँ जो इन नागिनों[7] के पास से निडर होकर निकलता है। यहाँ तक कि मैं तुम्हारे साये से रश्क करता हूँ जो तुम्हारे क़दमों के साथ लिपटा हुआ चलता है–

बँधी है टकटकी सब आज़माते हैं नसीब अपना।
जिसे मैं देखता हूँ उसको पाता हूँ रक़ीब[8] अपना॥
जो हसरत है तो ये हसरत, न कोई हो मुक़ाबिल में।
तुम्हें आँखों में रख लूँ और इन आँखों को इस दिल में॥

[दोनों का गाना]

समंदर पर खोले हुए वो बाल फिरते हैं।
बचे कब ताइरे-दिल[9] जब हवा में जाल फिरते हैं॥
फूलों-से गालों पर, नागिन-से बालों पर,
मैं हूँ फ़िदा, दिलकबा!

---

1. किरनें, 2. संसार, 3. सृष्टि, 4. लिखनेवाला, 5. चित्रकार, 6. ईर्ष्या, 7. अर्थात्, बालों (सं.), 8. प्रेम का प्रतिद्वन्द्वी, 9. दिल रूपी पक्षी।

राहील : मतवारी चालों की, घूँघर-से बालों की!
ज़ंजीर में हूँ असीर[1]।
असीर पंजा-ए-अहदे-शबाब[2] करके मुझे,
कहाँ गया मेरा बचपन ख़राब करके मुझे।
किसी के दर्दे-मुहब्बत ने उम्र-भर के लिए,
ख़ुदा से माँग लिया, इंतख़ाब[3] करके मुझे।

मारकस : अबरू[4] कटारी, सीने पर मारी तेग़ दोधारी, ऐ जान!
फूलों-से गालों पर...

[दोनों का गाते हुए जाना]

[मुनादीवाला आता है]

मुनादीवाला : ऐ बाशिन्दगाने-रोम[5], तुम्हें ताजदारे-दीनी कौंसिल का हुक्म ढिंढोरे की बुलन्द आवाज़ के साथ सुनाया जाता है—आज चूँकि रोमी देवताओं का मुक़द्दस[6] दिन है इसलिए रोम के क़ानून के मुताबिक हर जगह जश्ने-आलम[7] हो, हर काम में हंगामः-ए-बादः-ओ-जाम[8] हो, तीन शबाना-रोज़[9] तक तातील[10] ही तातील हो, हर काम में अल्तबा[11], हर धन्धे में ढील हो। जो शाही कौंसिल के ख़िलाफ़ अमल में लाएगा, वह रोम के क़ानून के मुताबिक जिन्दा बाग में जलाया जाएगा।

एक शख़्स : अजी मियाँ मुनादीवाले, यह तो कहो कि तीन दिन तक तमाम कारोबार बन्द करने, जश्न मनाने का हुक्म सिर्फ देवताओं की प्यारी कौम यानी रोमन लोगों के लिए है या पारसी, ईसाई, यहूदी सबको तीन दिन की मुद्दत[12] क़ाबिले-एहतराम[13] है?

मुनादीवाला : सबके लिए। जो लोग रोमी देवताओं को नहीं मानते उनके लिए भी।

वही शख़्स : मगर जो लोग रोमी देवताओं को मानते ही नहीं, वह क्योंकर जश्न मनाएँगे।

मुनादीवाला : न मनाएँगे तो रोम क़ौम के दुश्मन क़रार देकर जिन्दा आग में जलाए जाएँगे।

---

1. क़ैदी, 2. यौवन के फन्दे में, 3. चुनकर, 4. भौंहें, 5. रोमवासियो, 6. पवित्र, 7. सार्वजनिक उत्सव, 8. शराब और प्याले का शोर, 9. रात और दिन, 10. छुट्टी, 11. स्थगन, 12. अवधि, 13. सम्मान के योग्य।

[सबका जाना। रोमन अफ़सरों का दाख़िल होना।]

कनीशश : आज के दिन यह शोरी-शर[1] कैसा? ऐन एबादत में यह ज़र[2] कैसा?

एक सरदार : आलीजाह, यह उसी लाया'नी[3] इब्रानी[4] का कारनामा है।

कनीशश : क्या ढिंढोरे की आवाज उसके मकान के दरवाज़ों और खिड़कियों से होकर उसके कान तक नहीं पहुँची। क्या उसने हमारे शहंशाह और हमारी मज़हबी कौंसिल का हुक्म नहीं सुना?

दूसरा सरदार : नहीं हुजूर, ज़रूर सुना होगा। मगर यह कमतरीन[5] यहूदी हमारे रोमन देवताओं से क़ल्बी[6] ख़सूमत[7] रखते हैं। इसलिए हमारे किसी हुक्म की परवाह नहीं करते हैं।

कनीशश : अनदेखे ख़ुदा पर भरोसा रखनेवाले काफ़िर! यह हरकत! हमसे और हमारे मज़हबी हुक्म से यह नफ़रत! जाओ और उसे दाढ़ी से पकड़कर मुँह पर थूकते हुए यहाँ ले आओ।

[स्वगत]

भूल गए, भूल गए ये एहसान-फ़रामोश, वह दिन भूल गए जब फ़िरऔन की ज़मीन पर मिस्त्रियों के हाथों के कोड़े खाते थे, जब वख़्तनुसर की क़ौम के हाथों काबुल की गलियों में ग़ुलाम बनाकर दो-दो पैसों को बेचे जाते थे–

पनाह इनको दी, इनके दुखों को दूर किया।
सुलूक इनसे किए, यह बड़ा कुसूर किया॥

[यहूदी को पकड़कर लाना]

सरदार : करो सिजदा!

यहूदी : किसे सिजदा?

सरदार : इस आलीशान को।

यहूदी (अज़्रा) : इस फ़ानी[8] इनसान को? हम सिजदा करते हैं अपने सुब्हान[9] को।
टुकड़े मेरे उड़ जाएँ, यह डरकर न झुकेगा
आगे किसी इनसान के यह सर न झुकेगा।

---

1. शोर-शराबा, 2.व्यवधान, 3. नामुराद, 4. यहूदी, 5. नीच, 6. दिली, 7. द्वेष, 8. नश्वर, 9. भगवान।

दूसरा सरदार : आगे बढ़ और झुक इन क़दमों के आगे।

अज़रा : झुकूँ? किसके आगे? इन क़दमों के आगे, जिन क़दमों ने इस सर से भी ज़्यादा सफ़ेद और बूढ़े सरों को ठोकरें मारी हैं। जिन्होंने अपनी जवानी के ज़बों[1] से मज़लूम क़ौम के सीनों की हड्डियाँ तोड़ डाली हैं! नहीं, मैं कभी नहीं झुकूँगा!

क़यामतें हों कि आफ़तें हों कि जहान जाए कि जान जाए।
मगर ये मुमकिन नहीं है हरगिज़ कि उसके बन्दे की आन जाए॥
उसी की चौखट पे होगा सजदा जिधर वो होगा उधर झुकेगा।
सिवा ख़ुदा के किसी के आगे न दिल झुका है न सर झुकेगा।

कनीशश : क्या इन बाग़ी ख़यालात के बाद भी तू अपनी और अपनी क़ौम के लिए कोई उम्मीद रख सकता है?

अज़रा : अब हमारे लिए सिर्फ़ आसमान में उम्मीद की जगह बाक़ी रह गई है जहाँ न तुम, न तुम्हारी सल्तनत, न तुम्हारा क़ानून, न मज़हबी ख़सूमत[2] है।

कनीशश : काफ़िर, बागी हमारी रस्मों और मज़हबी तेहवारों के साथ एलानिया नफ़रत का इज़हार करना और फिर दुनिया के सामने अपनी बेगुनाही आशकार[3] करना! ज़लीलो! अगर हम जानते तो तुम्हें आजादी और ज़िन्दगी कभी न बख़्शते।

अज़रा : इस मुल्क रोम में आज़ादी और ज़िन्दगी! यह दोनों कहाँ हैं? हमारी क़ौम के लिए ये दोनों चीज़ें किसी कीमत पर नहीं मिल सकतीं। तुम में रहम, इनसाफ और ईमानदारी कहाँ है? हमारी ज़िन्दगी के लिए क़दम-क़दम पर ज़िल्लत है, शर्मिन्दगी है।

शबरे-ज़ीस्त[4] के चुन चुन के समर[5] तोड़े हैं,
तुमने दिल तोड़े हैं सबके कि जिगर तोड़े हैं।
ऐसे ज़ालिम हो कि तुमने कोई दो-चार नहीं,
सैकड़ों लाखों ही अल्लाह के घर तोड़े हैं।

कनीशश : मरदूद, अपना माज़ी[6] याद कर! अपनी क़ौम के जवाल[7] का ख़याल कर।

अज़रा : अगर हमारी क़ौम की बरबादी का सबब मालूम हो गया है तो

---

1. प्रहार, 2. द्वेष, 3. प्रकट, 4. जीवन रूपी वृक्ष, 5. फल, 6. अतीत, 7. पतन।

हमारी पहली हालत से मौजूदा हालत की मुतनाज़ा[1] करके इबरत[2] पकड़ो।

नाहक नहीं अगर्चे कलामे-अदक़[3] हूँ मैं।
मेरी सुनो ज़माने की आवाज़े-हक़ हूँ मैं॥
जिसमें लिखे हैं राज़े-जहाँ वह वरक़ हूँ मैं।
मुझको पढ़ो किताबे-फ़ना[4] का सबक़ हूँ मैं॥
इबरतक़दा[5] बना हूँ उरूज़ो-जवाल[6] का।
आईना हूँ मैं क़िस्सः-ए-माज़ी व हाल का॥

कनीशश : अगर रोमन क़ौम से नफ़रत का ख़याल दिल से न ख़ोएगा तो जिस तरह तेरा माज़ी[7] हाल[8] पर रो रहा है, उसी तरह तेरा हाल तेरे और तेरी क़ौम के मुस्तक़ बिल[9] पर रोएगा।

हमारी तेग़े-ग़जब[10] और तेरा गुलू[11] होगा।
न तेरी क़ौम ही होगी कहीं न तू होगा॥

अज़रा : रहने दो रहने दो। ख़ुदा हमें अपनी ज़मीन पर ज़िन्दा रखना चाहता है तो दुनिया की कोई भी ताक़त हमारा कुछ नहीं कर सकती।

मुमकिन नहीं लगाए कोई नाबकार[12] हाथ।
दुश्मन के गर हैं दो तो ख़ुदा के हज़ार हाथ॥

कनीशश : यह जवाब!

अज़रा : हाँ हाँऽऽ...

कनीशश : जाओ, ले जाओ। इन यहूदियों को इनकी सरकशी[13] का मज़ा चखा दो। इनके बाग़-राग, खेत, घर-दर सबको आग लगाकर ख़ाक स्याह कर दो।

अज़रा : अरे नहीं, ऐसा सितम न ढाओ। मुझको ले जाओ, मेरी एक-एक बोटी नोचकर अपने कुत्तों को खिलाओ, मगर मेरी मज़लूम और ग़रीब क़ौम पर तरस खाओ।

सभी मुजरिम नहीं हैं, लाख बद तो चन्द अच्छे भी।
करो रहम, उनमें बेवाएँ भी हैं, बूढ़े भी, बच्चे भी॥

---

1. तुलना, 2. शिक्षा ग्रहण करना, 3. कठिन वचन, 4. नाश रूपी पुस्तक, 5. नसीहत की जगह, 6. उत्थान और पतन, 7. अतीत, 8. वर्तमान, 9. भविष्य, 10. क्रोध की तलवार, 11. गरदन, 12. नीच, 13. विद्रोह, अहंकार।

कनीशश : हाँ, और ये सब हर ज़रिए से आग और मौत के हवाले किए जाएँ।

आग जब भड़के तो रोए बेगुनाही क़ौम की।
जाए, जाके देखे अब यह भी तबाही क़ौम की॥

अज़्रा : तुम ज़ालिम हो, पत्थर हो, बेरहम हो। याद रखो जिस तरह बाबुल, नैनवा और कार्थेज की ज़ालिम क़ौमें नेस्तनाबूद हो गईं उसी तरह तुम और तुम्हारी रोमन सल्तनत भी नेस्त-ओ-नाबूद हो जाएगी।

कनीशश : जाओ, ले जाओ...

[यहूदी का ग़ुस्से से आग होना, जाने से गुरेज करना। सबका उसे पकड़कर धक्के देते ले जाना। जाते-जाते उसका कहना-]

अज़्रा : कहाँ तक मज़हका[1] करते रहोगे बेअदब उसका।
कभी तुमको न छोड़ेगा, गुनहगारो ग़ज़ब उसका॥

कनीशश : साहबो! सुनीं तुमने बातें ख़सूमत[2] की। यह सरासर तौहीन है रोमन हुकूमत की।

अज़्रा : अगर रहम न हो तो हुकूमत किस काम की। बेइन्साफ की बहादुरी है बेनाम की। तुमने अगले वक़्तों में हमारी क़ौम पर जो-जो ज़ुल्म किए हैं, वह इस दिल पर ख़ून के हर्फ़ों से लिखे हुए हैं।

हमारे सर पे हज़ारों सितम हैं ढाए गए।
हमारे झोंपड़े तोड़े गए जलाए गए॥
तुम्हीं हो जो कि हमेशा हमें सताए गए।
हमीं हैं जो कि तुम्हारे सितम उठाए गए॥

सरदार : यह हमारे देवताओं का सख़्त दुश्मन है।

अज़्रा : न हम किसी के दुश्मन न बदख़्वाह[3]। तुम अपनी राह लो और हम अपनी राह।

हरेक अपने मज़हब का दूरबीने-ख़ुद है।
ईसा बदीने-खुद है, मूसा बदीने-खुद है॥

सरदार : हमारा ख़ुदा अयाँ[4] है, मगर तुम्हारा ख़ुदा कहाँ है?

---
1. उपहास, 2. विद्रोह, 3. बुरा चाहनेवाले, 4. स्पष्ट।

अज़रा : हमारा ख़ुदा यहाँ है, वहाँ है। मुहीत[1] ज़मीन है, मदार[2] आसमाँ है।

सरदार : ख़ुदा अगर ज़ाहिर नहीं, बरमला[3] नहीं तो कुछ नहीं।

अज़रा : ख़ुदा ही से खुदाई सारी, ख़ुदा नहीं तो कुछ नहीं।

[राहील का आना]

राहील : क्या हुआ ऐ नेक हाकिमो! हमारी क्या ख़ता?

कनीशश : ख़ामोश ऐ सरजन[4]! सर अन्दाज़! अभी यह आवाज कैसी थी?

राहील : हमारे काम-काज़ की थी और आवाज़ कैसी थी!

कनीशश : क्या आज के दिन काम-काज के लिए इम्तना-ए-आम[5] न था?

अज़रा : तुम्हारा इम्तना-ए-आम ख़ुदा का कलाम न था।

राहील : हमारे यहाँ बादः-ओ-जाम का नेक अंज़ाम नहीं।
न शौके-बाद[6] रखते हैं न ज़ौक़े-ज़ाम[7] करते हैं।
ख़ुदा का नाम जपते हैं और अपना काम करते हैं॥

कनीशश : सहाबो, सुनीं आपने बातें ख़सूमत की! यह तो सरासर तौहीन है रोमन हुकूमत की।

अज़रा : आग पर जब तपती हुई देगची चढ़ाई जाएगी तो ज़रूर जोश खाएगी।
दिल में शहरारे-दर्द हो, लब पर फ़ुगाँ[8] न हो।
मुमकिन नहीं कि आग लगे और धुआँ न हो॥

कनीशश : यह तो पहली छेड़ है रोता है क्या,
आगे-आगे देखिए होता है क्या।

राहील : प्यारे अब्बा, ग़म न खाओ। ऐ रोमन सरदार, मैं तुम्हारी कनीज[9] बनूँगी। ख़ते-ग़ुलामी लिख दूँगी। हमारा घर-बार लो, मगर हमारी जानें बख़्श दो। रहम को काम में लाओ।

कनीशश : जान कभी न बचेगी इस बूढ़े नादान की। अब ख़ैर नहीं इस बदज़बान की।

राहील : जो पानी का क़तरा उँगली के सिरे पर आ रहा है और आप ही टपका चाहता है, उसे ख़ाक में मिलाकर गुनहगार न बनो।

---

1. परिधि, 2. विस्तार, 3. प्रत्यक्ष, 4. विद्रोही, 5. सार्वजनिक प्रतिबन्ध, 6. शराब का शौक, 7. मदिरापान, 8. आह, 9. दासी।

जहन्नुम के सजावार न बनो।

कनीशश : तेरी इल्तिजा बेकार है। यह ग़ुनहगार सज़ा का हक़दार है। ले जाओ और इसे खौलते हुए तेल के कढ़ाव[1] में तलकर नारे-अदम[2] को पहुँचाओ।

अज़रा : बेटा, ज़ालिम की निगाह में रहम की झलक नहीं होती। देख लो, साँप की निगाह में झपक नहीं होती।

कनीशश : बस चुप कराओ इस दीवाने को और ले जाओ आग में जलाने को, जान से मिटाने को।

राहील : *(सरदार से)* ऐ रहम के दुश्मनो! इस क़दर सख़्त दिल न बन जाओ। लिल्लाह रहम खाओ।

रहम का सामान क्या होता नहीं ख़ूँख़्वार में।
आग भी मौजूद है, पानी भी है तलवार में॥
छोड़ो न उफ़ू[3]-ओ-रहम के सामाँ का सामना।
इन दिन तुम्हें भी करना है यज़दाँ[4] का सामना॥

[अज़रा से]

मैंने सुना है कि रोमन देवता बहुत रहमदिल होते हैं। प्यारे अब्बा, इधर आओ और इनके देवताओं के दरवाजे में पनाह लेकर जान बचाओ।

अज़रा : नहीं, जिनहार नहीं। क्या मैं इनके मन्दिर में ख़ुदा से बेवफाई करने जाऊँ? इनके देवताओं की पनाह में भागकर जान बचाऊँ?

दुनिया-ए-चन्दरोज़ा की ख़्वाहिश फ़ुजूल है।
ऐसे ज़लील जीने से मरना क़ुबूल है॥

कनीशश : बस ले जाओ, ले जाओ।

राहील : नहीं, ऐसा कभी नहीं होगा।

कनीशश : न होगा? अच्छा न सही। ले जाओ, दोनों को सज़ा दो। इस यहूदी के साथ इस लड़की को भी जला दो।

अज़रा : अरे नहीं! इस पर सितम न ढाओ। उस दिन को भी याद करो जब तुम्हें पीसकर खिलानेवाली बत्तीस दाँतों की चक्की बेवफ़ा होकर तुमसे जुदा हो जाएगी। अब इस दरवाज़े के दरबानों पर बला-ए-नातवानी[5] आएगी। मैं अब तक पत्थर था, अब पानी

---

1. कड़ाहा, 2. यमलोक, 3. क्षमा, 4. ख़ुदा, 5. कमज़ोर कर देनेवाली आफ़त।

हूँ। गदा-ए-मेहरबानी[1] हूँ। मुझे मारो जलाओ, मगर इस पर रहम खाओ।

कनीशश : मुजरिम पर रहम खाना क़ानून के ख़िलाफ़ है।
ऐसे सरकशों का मारा जाना बेहतरीन इंसाफ़ है।

अज़रा : एक मासूम की जान को पनाह नहीं। अच्छा कुछ परवाह नहीं। अन्देशा नहीं। अच्छा चलो और मर्दानावार[2] चलो। भर लो, ओ शितम-शआरो[3] इस खूने-नाहक़ से अपना दामन भर लो। कोयले की दलाली से अपना हाथ-मुँह काला कर लो।

कनीशश : ले जाओ, बस फौरन ले जाओ।

[मारकस का आना]

मारकस : ठहर, ओ बेदर्द रोमन सरदार ठहर।

राहील : प्यारे मनशिया भाग जाओ, वरना ये जुनूनी तुम्हें भी यहूदी समझकर मार डालेंगे।

मारकस : प्यारी, भरोसा करो। यह हमारा कुछ नहीं कर सकते।
होगी न अमाँ हरगिज़ शमशीर के दम की।
दम-भर में दिखाएगी यह राह अदम की॥
तलवार नहीं, पैके-अजल[4] की ये छुरी है।
दोज़ख़ की ज़बानों से भी आग इसकी बुरी है।।

कनीशश : क्यों देर लगा रहे हो? ले जाओ।

मारकस : माफ़ कर ऐ रोमन सरदार, माफ़ कर।

कनीशश : किसे?

मारकस : इसे।

कनीशश : किसलिए?

मारकस : इसलिए कि यह तुम्हारे क़दमों के आगे गिरा हुआ है और गिरी हुई दीवार पर चढ़कर कूदना मर्दानगी नहीं। इसलिए हट जाओ, इसे न सताओ।

कनीशश : यह हिमायत किसके लिए। इस खुदसर[5] यहूदी के लिए। हमारे दीन के दुश्मन के लिए।

मारकस : यहूदी हो या ईसाई, पूरब का बाशिन्दा हो या एशियाई, बद हो या नेक, मगर ख़ुदा के रहम-ओ-करम की नज़र सब पर है एक।

---

1. दया का भिखारी, 2. मर्दों की तरह, 3. सितम ढानेवालो, 4. मौत का बुलावा, 5. दम्भी।

कनीशश : मुजरिम का हिमायती भी मुजरिम होता है। इसे भी बाँध लो। देर न लगाओ।

मारकस : कमबख़्तो! बदमुरादो! भाले नीचे झुका लो।

कनीशश : किसके हुक्म से?

मारकस : मेरे हुक्म से।

कनीशश : तू कौन है?

मारकस : इधर देखो।

कनीशश : कौन? शहज़ादा मारकस!

मारकस : चुप रह ज़लील! नाकिस!

चौथा पर्दा

[इबादतगाह]

[यहूदियों का गाना]

ऐ ख़दाबन्द क़ुद्दूस[1] बरतर[2]
अपने बन्दों पर भी एक नज़र
हम हैं आसी[3] पुर-मआसी[4]
तेरी रहमत के उम्मीदवार
हैं भिखारी तेरे दर पे आए
तेरी चौखट पर सर झुकाए
परीशाँ गर्क़े-इसियाँ[5]
तेरी रहमत लगाएगी पार

अज़रा : भाइयो! इसे सर पर छाओ और अदब-एहतराम से खाओ।

मारकस : *(स्वगत)* मैं रोमन होकर यहूदियों की नज़्र-नेयाज़[6] खाऊँ। नहीं, मैं हरगिज़ नहीं खाऊँगा।

मारकस : *(स्वगत)* हैं! सबने खाया, मगर मनशिया ने लब तक न लगाया। इसने फेंक दिया। यह क्या असरार[7] है। क्या मुख़ालिफ़ को दिया, क्या साहबे-की[8] को दिया। हाय हमने अपना दिल क्या दुश्मने-दीं[9] को दिया।

अज़रा : भाइयो! अपनी जलावतनी का क़रीब अब ज़माना है। हुक्मे-हाकिम से इसी महीना बाद हमें प्यारा वतन छोड़ जाता है। इसलिए-
रहना इस अंजुमन में बहम[10] इत्तफ़ाक़[11] से।
सरके न ज़ीनहार[12] क़दम इत्तफ़ाक से॥

---

1. पवित्र, 2. श्रेष्ठ, 3. पापी, 4. पापों से परिपूर्ण, 5. पाप में डूबे हुए, 6. प्रसाद, 7. रहस्य, 8. विद्वेषी, 9. विधर्मी, 10. परस्पर, 11. मेल-जोल, 12. हरगिज।

आएगा हमको ठगने जो इस बज़्मे-पाक में।
उसको ख़ुदा का क़हर[1] मिला देगा ख़ाक में॥

मारकस : *(स्वगत)* अगर यह मुझे इस वक़्त पहचान जाए तो इस दिले-दीवाना की बदौलत मेरी जान जाए।

[अन्दर से आवाज़ का आना]

आवाज़ : आह! बुझा दो, सब क़न्दीलें बुझा दो! रस्म के आसार[2] छुपा दो।

अज़्रा : कौन है यह निराले वक़्त का आनेवाला?

जोना : *(अन्दर से)* शाही आदमी, ज़रूरी काम पर। खोलो दरवाज़ा शाह टाइनस के नाम पर।

अज़्रा : शाही आदमी। सब-के-सब चोर दरवाज़े से निकल जाओ। जल्द अपनी जान बचाओ।

[सबका जाना]

मारकस : क्या मैं भी जाऊँ?

अज़्रा : नहीं, तुम ऐसे नाजुक वक़्त में न जाना। कोई आफ़त आ जाए तो मुझे पुकारना।

राहील : *(अलहदा)* यह ख़लल भी फ़ायदा से खाली नहीं। आज मैं नेयाज़ की रोटी का भेद इससे लिये बग़ैर ज़ीनहार छोड़ देनेवाली नहीं। *(ज़ाहिर)* मनशिया, मिलकर जाना। ख़बरदार! पता न बताना।

[राहील का जाना]

मारकस : कैसी कड़ी निगाहें! कहीं ताड़ तो नहीं गई!
शाह से चोर सितमगर ने बनाया मुझको,
किस मुसीबत में मेरे दिल ने फँसाया मुझको।
कस्द[3] करता हूँ जो इस जा[4] से कहीं जाने का,
दिल ये कहता है कि तू जा मैं नहीं जाने का।

---

1. कोप, 2. चिह्न, 3. निश्चय, 4. जगह।

[गाना]

अजब जान उलझन में मेरी पड़ी है,
कि ज़ुल्फ़ों की दिल पर पड़ी हथकड़ी है।
अजल[1] ही के हाथों से निकलेगी आखिर,
जो तेरी निगाह मेरे दिल में गड़ी है।
नज़र मिलते ही ज़ुल्फ़े-पेचाँ में उलझा,
मेरे पाँव में कैसी बेड़ी पड़ी है।
न रहने की हिम्मत न जाने का यारा,
मेरे सर पे कैसी ये आफ़त पड़ी है।
मेरी क़ब्र ठोकर से हमवार करके,
कहा, कैसी रस्ते में ढेरी पड़ी है।

[शहजादी डैसिया और जोना का आना]

अज़रा : आहा! शहज़ादी बा-शानो-शौक़त!

मारकस : *(स्वगत)* हैं! कौन? डैसिया मेरी मंगेतर!
अब ऐसे में कहाँ भागूँ किधर चुपका चला जाऊँ।
जमीं फट जाए गर ऐ आसमाँ ता[2] समा जाऊँ॥

अज़रा : ऐ निशाने-वाला शाही! क्या है फ़रमाने-शाही?

डैसिया : खास कार[3] है। कौन यह गुल बेख़ार[4] है?

अज़रा : गुलाम के कारख़ाना का कारीगर आज़मूदा-कार है।

डैसिया : जोना, देख तो इसकी सूरत प्यारे मारकस से मिलती है।

मारकस : *(स्वगत)* अफ़सोस! यह मुझे पहचान जाए तो इस दिले-दीवाना की बदौलत मेरी जान जाए।

डैसिया : *(अज़रा से)* तुम्हारे पास नौलखा हार है?

अज़रा : जी जनाबः[5] तैयार है।

डैसिया : लाओ मैं देखूँ तो सही कि वह हार मेरे ईसा-नफ़्स[6] मारकस की सुराहीदार गर्दन के सज़ावार[7] है?

मारकस : *(स्वगत)* हाय, काश इसे ख़बर होती कि बू-अलहोस[8] मारकस के गले का हार किसी दूसरे ही की ज़ुल्फ़ों का तार है!

अज़रा : तो हार लाऊँ?

---

1. मौत, 2. तो, 3. काम, 4. बिना काँटों का, 5. जनाब का स्त्रीलिंग, 6. प्राणप्रिय, 7. लायक, 8. विवश।

डैसिया : हाँ लाओ, जल्दी लाओ।

मारकस : *(अज़रा से)* मैं जाऊँ।

अज़रा : नहीं, तुम यहीं रहो।

मारकस : *(स्वगत)*

हाय कैसे फँस गए किस पेंच के पाले पड़े।
खुल गई कलई अगर तो जान के लाले पड़े॥

डैसिया : जोना, मैं इस जवान यहूदी से भी एक काम बनवाऊँगी। यानी प्यारे मारकस का एक मोनोग्राम बनवाऊँगी। ज़रा इधर तो आना भाई!

मारकस : *(स्वगत)* अब कमबख़्ती आई!

जोना : चलो आओ, चलो आओ। शहज़ादी बुलाती है।

डैसिया : तुम्हें नक़्क़ाशी आती है? *(इशारे से इनकार)* और बाग के बूटे? कुछ मुँह से भी फूटे।

ये निगाहें शर्मगीं ये आँख शरमाई हुई।
है तो शक्ले-यार यह लेकिन है मुरझाई हुई॥

राहील : *(आकर)*

है नज़र हसरतज़द: और आँख ललचाई हुई।
क्या मेरे दिलदार की यह भी तमन्नाई हुई॥

अज़रा : *(स्वगत)*

यह भी घबराया हुआ और वह भी घबराई हुई।
दोनों पर यकसाँ तहय्युर[1] की घटा छाई हुई॥

(डैसिया से)

हुज़ूर, यह रहा वह हार!

डैसिया : बेशक, यह हार पुरबहार है। इसे कल दरबार में लाना, मुँहमाँगे दाम ले जाना। कल यह हार अपने नौ-बहार को पहनाऊँगी और उसके गले का हार बन जाऊँगी।

दिल तोड़ के दिल उसका मुसख़्ख़र[2] बनाऊँगी।
यह घर बिगाड़ डालूँगी वह घर बनाऊँगी॥

मारकस : *(स्वगत)*

हाय इस तरह की बावफ़ा से बेवफ़ाई तूने की।
ऐ दिले-नादाँ कैसी कज-अदाई[3] तूने की॥

---

1. आश्चर्य, 2. ताबेदार, 3. कपट।

डैसिया : अज़रा, इस हार पर मेरा और मेरे प्यार मारकस का नाम इस कारीगर से खुदवाना।

[जाना]

मारकस : *(स्वगत)*
शुक्र है आज बची जान बड़ी मुश्किल से।
मेरी मुश्किल हुई आसान बड़ी मुश्किल से॥

राहील : मनशिया, तुम्हारा प्यार खाकस्तर[1] है।

मारकस : राहील, मेरा प्यार नक़्श का मोहजर[2] है।

राहील : क्या यह कोई तिलिस्माती गुल खिला हुआ है?

मारकस : प्यारी, यह दिल मुझसे मिला हुआ है।

राहील : फिर तुम रोमनों से क्यों मिलते हो?

मारकस : क्या रोमनों से मुझे कोई लगाव है?

राहील : बल्कि उन पर तुम्हारा दबाव है!
माह[3] जो था अब वो है शबनम हमारे सामने।
अब तेरे मीठे सुख़न हैं सम[4] हमारे सामने॥

मारकस : पर ख़ता ही गर समझती हो तो दो हमको सज़ा।
लो खड़े हैं हाथ बाँधे हम तुम्हारे सामने॥

राहील : आहा खड़े हैं क्या ये बेचारे बने हुए।
गोया हैं हर तरह से हमारे बने हुए॥

मारकस : है कौन इस जगह पे मेरी जाँ तुम्हीं तो हो।
इस घर में और कौन है मेहमाँ तुम्हीं तो हो॥

राहील : ये बातें जाके तुम किसी नादान से कहो।
क्या दीन है तुम्हारा तुम ईमान से कहो॥

मारकस : कहूँगा सब कहूँगा मू-ब-मू[5] तुमको जताऊँगा।
तुम आना बाग़ में कल रात को मैं सब बताऊँगा॥

[राहील का जाना]

[गाना]
सैर करके मेरा गुलरू जो चमन से निकला,
महरबा, आफ़रीं! हर गुल के दहन से निकला।

---

1. धूल में मिलना, 2. दीवार, जाली, 3.चाँद, 4. जहर, 5. सबकुछ, हू-ब-हू।

डूबकर आदमी दरिया से हज़ारों निकले,
ग़र्क़ होकर न कोई चाहे-ज़क़न[1] से निकला।
जादू-भरे नैना ये जाना सँभाल!
कतल कर देंगे, देखेंगे जिधर को
बेगुनाहों को करो न हलाल!

1. प्रेमरोग।

पाँचवाँ पर्दा

[बाग़ीचा]

[मारकस का गाते हुए आना]

ज़रूरत क्या उन्हें तेग़ो-तबर[1] की,
अदा काफ़ी है इक तिरछी नज़र की।
वो क्या जानें किसे कहते हैं उल्फ़त,
ख़बर क्या है उन्हें दर्दे-जिगर की।
तुझे मालूम है कुछ ओ सितमगर,
शबे-ग़म किस तरह हमने बसर की।
चले जाते हो मुड़कर देख जाओ,
क़सम है आपको तिरछी नज़र की।
लगाकर दिल किसी से हाय हमने,
मुसीबत मोल ले ली उम्र-भर की।

राहील : *(आकर)* प्यारे मनशिया, क़सम खाओ और साफ़-साफ़ बताओ कि तुम्हारा ख़याल बद है या नेक है। क्या तुम्हारा दिल और ज़बान एक है!

तुम नज़र आते हो अकसर मुझको घबराए हुए।
फ़िक्र के बादल हैं तुम पर इस कदर छाए हुए॥

मारकस : प्यारी, मैंने भी तुम्हें इसीलिए यहाँ आने की तकलीफ़ दी है कि तुम्हारी आँखों पर मैंने जो तिलिस्मी पर्दा डाल रखा है उसे उतारकर साफ़ और खुले लफ़्ज़ों में अपनी हक़ीक़त आशकारा[2] कर दूँ।

मेरे होंठों में शहद और ज़हर, क़ातिल था छुपा दिल में।
बिनौला रुई में हो जिस तरह यूँ था दग़ा दिल में॥

---

1. तबर–कुल्हाड़ी, 2. प्रकट।

हक़ीक़त को न ज़ाहिर आज तक होने दिया मैंने।
मेरी जाँ माफ़ करना तुम, कि है तुमको ठगा मैंने॥

राहील : ओ ख़ुदा! क्या तुमने मुझे ठगा? धोखा दिया?
बुत्ता-बाला बताया? मुझे दामे-मुहब्बत में फँसाया!

मारकस : हाँ री प्यारी! हक़ीक़त यह है कि मैं अभी तक इश्क़ के स्टेज पर यहूदी का लिबास पहनकर एक धोखेबाज आशिक़ का पार्ट अदा कर रहा था, वरना–
मेरा गुमान अलग है, मेरा यक़ीन अलग।
है तेरा दीन अलग, और मेरा दीन अलग॥

राहील : तो क्या तुम हमारे हम-मज़हब[1] नहीं हो?

मारकस : नहीं। मैं तुम्हारे दुश्मन की डाली हुई बुनियाद हूँ।
रोमन खून और रोमन बाप की औलाद हूँ।

राहील : तुम यहूदी नहीं हो?

मारकस : नहीं।

राहील : फिर तुम्हें यहूदी बनने को किसने कहा?

मारकस : तुम्हारी दिलफ़रेब सूरत ने, इस मोहनी मूरत ने।

राहील : तुम्हें एक यहूदी से मुहब्बत करने की जुर्रत किसने दिलाई?

मारकस : तुम्हारी मुहब्बत ने।

राहील : उफ़! नूर में नार[2] शरबत में कफ़्र-मार[3]! ज़हरीला साँप और गले का हार!
क्यों उलझता अपना दामन गर न फँसती भूल में।
मुझको क्या मालूम था, काँटा छुपा है फूल में॥
मेरी बरबादी का आख़िर कुछ सबब बतला मुझे।
क्या ख़ता थी मेरी तूने क्यों दिया धोखा मुझे॥

मारकस : धोखा नहीं प्यारी राहील, धोखा तो उस वक़्त था जब मैं तुम्हारे ख़ूबसूरत होने से इनकार करता या तुम्हें छोड़कर किसी और को प्यार करता। तुम्हारे साफ़-साफ़ पूछने पर भी अपनी सच्ची हक़ीक़त से न ख़बरदार करता।
यहूदी हूँ कि रोमन हूँ मैं, नूरी हूँ कि नारी[4] हूँ।
कोई हूँ कुछ भी हूँ, पर तेरी सूरत का पुजारी हूँ॥

---

1. सहधर्मी, 2. आग, 3. साँप के ज़हर का झाग, 4. आग से पैदा।

राहील : मगर अब तुम इस सूरत की तरफ़ देखने का कोई हक़ नहीं रखते। मुझसे कोई तअल्लुक़ नहीं रखते।

मारकस : क्यों?

राहील : क्योंकि इस चेहरे को देखने के लिए वही आँख चाहिए जो बुतपरस्ती और कुफ़्र की चमक-दमक से नफ़ूर[1] हो, जिसमें यहूदी मज़हब और यहूदी यक़ीन का नूर हो।

मारकस : तो क्या तुम रोमन होने की वजह से अपना दिल मुझसे फेर लेना चाहती हो?

राहील : काश यह मुमकिन होता ज़ालिम! नहीं, अब तुझसे अपना दिल वापस नहीं ले सकती। जिस तरह परवाना शमा पर जलने के लिए, पतंग जिस तरफ की हवा हो उस तरफ उड़ने के लिए, पानी नशेब[2] की तरफ बढ़ने के लिए, मजबूर व लाचार है; उसी तरह मेरा दिल भी तेरी मुहब्बत में बेइख़्तियार[3] है।

मारकस : तो क्या मैं उम्मीद रक्खूँ कि यह हाथ हमेशा के लिए मेरे हाथ में दे दोगी?

राहील : नहीं।

मारकस : क्यों? आख़िर किस वजह से इनकार है? किसलिए जी बेज़ार है?

राहील : दिल पर मेरा क़ब्ज़ा है, लेकिन हाथ पर मेरे बाप का इख़्तियार है।

मारकस : मगर तुम्हारा बाप तो मुतास्सिब[4] यहूदी है, क्योंकर अपनी लड़की का हाथ एक रोमन के हाथ में देने को तैयार होगा? ऐसी मुहब्बत और ऐसी शादी का कैसे रवादार होगा?

राहील : फिर मैं क्या कर सकती हूँ?

मारकस : प्यारी राहील, तुम चाहो तो सब कुछ हो सकता है। मेरी जान के लिए अपने बाप को छोड़कर मेरे साथ निकल चलो। हम दूसरे शहर में पहुँचकर निकाह पढ़ा लेंगे और वापस आ जाएँगे।
मरीज़े-दर्द की इस तरह ईद हो जाए।
तमाम उम्र को राहत नसीब हो जाए॥

राहील : *(स्वगत)* ओ ख़ुदा! यह तो अपने साथ भागने को कहता है।

मारकस : प्यारी राहील, कहो किस सोच में पड़ गईं?

---

1. नफ़रत करनेवाला, 2. ढलान, 3. विवश, 4. धर्मान्ध।

तुम्हीं हो राज़े-दिल अपना तुम्हीं हो बस खुशी अपनी।
तुम्हारी एक हाँ पर मुनहसर[1] है ज़िन्दगी अपनी॥
उम्मीदें जी उठें, वह लफ़्ज़ मुँह से मेरी जाँ कह दो।
मैं सदक़े प्यारे होंठों के, लबे-नाज़ुक से हाँ कह दो॥

राहील : नहीं, नहीं, ऐसा नहीं हो सकता।
इस ज़िन्दगी पर दाग़ लगाया न जाएगा।
मुझसे पिदर[2] का नाम हँसाया न जाएगा॥

मारकस : अगर तुम्हारा इनकार है तो मेरा इस दुनिया में जीना बेकार है।
खुशी मेरी, मेरी राहत फ़क़त तेरी 'नहीं' तक थी।
समझ लेना कि मेरी ज़िन्दगी भी बस यहीं तक थी॥
सिवाय मौत के अब ग़म का चाराकार नहीं।
अबस[3] यह गुलशने-हस्ती है जब बहार नहीं॥

राहील : ठहरो ठहरो, प्यारे ठहरो, मुझे सोचने दो।

मारकस : बस हाँ या नहीं-एक लफ़्ज़।

राहील : थोड़ी देर ग़ौर करने के लिए, थोड़ी देर।

मारकस : एक मिनट भी नहीं।

राहील : मनशिया! मनशिया!

मारकस : बस प्यारी राहील, कहो कि मुझे मंजूर है।

राहील : ले चल, ख़ूबसूरत जादूगर ले चल। राहील इस दिल से मजबूर है।
तेरी हूँ तेरे साथ हूँ, देती हूँ ज़बाँ मैं।
अब साये के मानिन्द जहाँ तू है वहाँ मैं॥

मारकस : अब बाप को ख़बर होने से पहले यहाँ से निकल चलो।
जैसे ये जिस्म-ओ-रूह इसी तरह साथ दो।
लो आओ अब चलो मेरे हाथों में हाथ दो।

[अज़रा का आना]

अज़रा : ख़बरदार! ठहरो, कहाँ जाते हो? कहाँ भागकर मुँह छुपाना चाहते हो?
निकल जाने की यह हसरत बड़ी मुश्किल से निकलेगी।
कलेजा तोड़ देगी बद्दुआ जो मुँह से निकलेगी॥

---

1. निर्भर, 2. बाप, 3. व्यर्थ।

तुम्हारी आरज़ू दुनिया से ख़ाली हाथ जाएगी।
जहाँ जाओगे मेरी बद्दुआ भी साथ जाएगी॥

राहील : रहम, रहम, अच्छे अब्बा ! हम गुनाहगारों पर रहम।

अज़रा : रहम ! तुम जैसी नाफ़रमान नाहंजार[1] पर ! रहम! इस जैसे बदक़िरदार[2] पर! क्यों, इसी दिन के लिए मैंने तुझे आँखों में रखकर पाला था? इसी बुरे नतीजे के लिए अपनी जान की तरह सँभाला था। और क्यों, ओ रोमन क़ौम के ज़लील कुत्ते! जिसने मुहब्बत से तेरी पीठ को थपथपाया था, जिसने शरीफ़ और वफ़ादार समझकर तुझे अपनी गोद में बिठाया उसी मोहसिन[3] पर मौक़ा पाकर हमला करने को आमादा हुआ, जिसने तुझे राहत दी और इज़्ज़त दी उसी के आराम को दिन-रात मिटाने का इरादा हुआ?

क़हरे-ख़ुदा से गड़ न गया तू ज़मीन में,
क्या बेवफ़ाई जुर्म न थी तेरे दीन में?
वो बात की, न थी जो गुमानो-यक़ीन में,
इक साँप गोया पाला था इस आस्तीन में।
क्या जानता था मैं कि इक आफ़त है, क़हर है।
आवे-बक़ा[4] मैं समझा था जिसको वो ज़हर है॥

मारकस : बुज़ुर्ग अज़रा, बेशक मैंने क़सूर किया और ज़रूर किया, मगर यह मेरी दानिस्ता[5] ख़ता न थी, बल्कि इस सूरत और इस दिल ने मुझे मजबूर किया।

बढ़ो आगे छुरी लो और सीना चाक कर डालो।
खता इस दिल की है इस दिल को फूँककर ख़ाक कर डालो॥

राहील : नहीं, प्यारे अब्बा, नहीं-

इस ज़िन्दगी की यूँही किसी तरह शाम हो।
फेरो छुरी गले पे कि क़िस्सा तमाम हो॥
इसकी न कुछ ख़ता है न दिल का क़सूर है।
मैं इसको चाहती हूँ ये मेरा क़सूर है॥

अज़रा : बदबख़्त लड़की! ग़ैर क़ौम और ग़ैर मज़हब की चाह छुरी होती है।

---

1. बदचलन, 2. दुश्चरित्र, 3. एहसान करनेवाला, 4. अमृत, 5. जान-बूझकर की गई।

राहील : सच है, लेकिन दिल की लगी बुरी होती है। इससे इनसान मजबूर होता है। जो काम नहीं कर सकता, वह करने पर मजबूर होता है।

जो कि शेरों को भी ठोकर से गिरा देते हैं,
वो भी बेदर्द मुहब्बत को दुआ देते हैं।
ज़ोर चलता ही नहीं इश्क़ के दरबार में कुछ,
ये वो चौखट है कि सब सिर को झुका देते हैं।

अज़रा : अफ़सोस! मैंने क्या सोच रखा था और यहाँ क्या रू-बकार[1] है। सच है, जिस तरह दरिया के सामने एक तिनका बेबस है उसी तरह तक़दीर के आगे तदबीर लाचार है।

मुझको है ख़याल और, इन्हें मद्दे-नज़र और।
अरमान तबीयत में इधर, और उधर और॥

राहील : प्यारे अब्बा! बेशक हम दोनों मुहब्बत करने के मुजरिम हैं, मगर अब तक हमारा जुर्म गुनाहों से पाक-साफ़ है। इसलिए हमसे नफ़रत करना इनसाफ़ के ख़िलाफ़ है।

मारकस : है पाक गुनाहों से हमारी ये ख़ता भी,
ग़ारत हों अगर हमको बदी ने हो छुआ भी।
हम चश्मः-ए-उल्फ़त में हैं मानिन्द कँवल के
जो पानी के अन्दर भी है पानी से जुदा भी।

अज़रा : अच्छा! तुम मुहब्बत करने के सिवाय और हर तरह बेक़सूर हो? चाँद की तरह इस ज़मीन की बुराइयों से दूर हो?

मारकस : हाँ, बुज़ुर्ग अज़रा, ऐसा ही है।

परवाज़[2] की ताक़त थी मगर पर नहीं निकले।
एख़लाक़[3] के क़ानून से बाहर नहीं निकले॥
ये क़ल्बो[4]-जिगर पाक हैं ये दीदः-ए-तर[5] पाक।
अल्लाह है शाहिद[6] कि है दिल पाक नज़र पाक॥

अज़रा : मनशिया! राहील में कौन-सी खूबी नज़र आई जो तुम इसके क़द्रदान हो?

मारकस : सूरत! और सूरत से ज़्यादा इसकी सीरत।

अज़रा : तो क्या तुम इसको चाहोगे?

---

1. सामने, 2. उड़ने, 3. सदाचार, 4. क़ल्ब=हृदय, 5. नम आँखें, 6. गवाह।

मारकस : अपनी जान की तरह।

अज़रा : इसको अज़ीज़[1] रक्खोगे?

मारकस : अपनी इज़्ज़त और शान की तरह।

अज़रा : इसकी हिफ़ाज़त करोगे?

मारकस : अपने दीन और ईमान की तरह।

अज़रा : अच्छा तो मैं अपने पिछले अल्फ़ाज़ वापस लेता हूँ और ख़ुशी से इसका हाथ तुम्हारे हाथ में देता हूँ। बढ़ो और दो जानू[2] होओ।

मारकस : क्या आप मुझसे कोई मज़ीद[3] इक़रार कराना चाहते हैं?

अज़रा : हाँ! एक रोमन की बग़ैर मज़हब बदले एक यहूदी से कभी शादी नहीं हो सकती। इसलिए मैं पहले तुम्हें अपने दीन का कलमा पढ़ाकर अपने मज़हब में लाऊँगा, फिर अपनी शरीअत[4] के मुताबिक इसके साथ तुम्हारा निकाह पढ़ाऊँगा। तुम्हें मंजूर है?

मारकस : तो क्या मुहब्बत करने का जुर्माना मुझे मज़हब से अदा करना होगा?

अज़रा : हाँ, अगर तुम इस हाथ को हासिल करना चाहते हो तो इसकी क़ीमत फ़क़त तुम्हारा दीन है।

राहील : प्यारे मारकस–

सोच में क्यों पड़ गए आख़िर हो कोई बात भी।
'हाँ' कहो मिल जाएँ ताकि दिल की सूरत[5] हाथ भी॥

मारकस : *(स्वगत)*

किसको चाहूँ किसको छोड़ूँ किस ग़ज़ब में जान है।
इक़ तरफ़ ये हूर है और इक तरफ़ ईमान है॥

अज़रा : जवाब दो। क्या ख़याल है?

मारकस : मैं राहील को छोड़ सकता हूँ मगर मज़हब छोड़ना मुहाल है।

अज़रा : तो फिर, नहीं?

मारकस : कभी नहीं।

अज़रा : तो इनकार?

मारकस : नाचार।

---

1. प्रिय, 2. घुटनों के बल बैठना, 3. दुबारा, 4. धर्मशास्त्र, 5. भाँति।

अज़रा : दूरी?

मारकस : मजबूरी–

सारी दुनिया से ज़ियादा ये शुक्र-लब मुझको।
और उससे भी ज़ियादा मेरा मज़हब मुझको॥
जैसी शै यह, इसे इनसान नहीं दे सकता।
जान दे सकता है, ईमान नहीं दे सकता॥

अज़रा : तब क्या रोमन कुत्ते! तू हमारे घर में गुनाहों की बदबू फैलाकर फ़िस्की-फ़ुजूर[1] का जाल बिछाकर एक भोली-भाली दोशीज़ा[2] को हरामकारी के रास्ते लगाने आया था?

रसाई पैदा की मेरे घर में,
अज़ीज़ हमदर्द यार बनकर।
मगर ये ठाने हुए था दिल में,
कि बाग़ उजाड़े बहार बनकर।
दग़ा और उससे दग़ा भरोसा किया
जिसने मुदाम[3] तुझ पर।
ज़मीं से नफ़रत फ़लक़ से लानत,
पड़ेगी हर सुब्हो-शाम तुझ पर।

राहील : प्यारे–

मेरे प्यारे क्या हुआ यह, और तुम्हें क्या हो गया,
बावफ़ा दिल आज क्यों बेदर्द ऐसा हो गया।
जान की, दिल की, लगी[4] की क़द्र अब भी जान लो,
यह न कहने को मैं रह जाऊँ कि धोखा हो गया।

मारकस : राहील, मेरे चारों तरफ़ तारीकी[5] छा गई, मैं जाता हूँ।

अज़रा : मगर यह सुनकर जाओ कि जिसे वाहिद[6] बरतर[7] ख़ुदा को गवाह करके तुमने इस भोली लड़की को धोखा दिया है, जिस क़ह्हार[8] के पुरजलाल[9] नाम की क़स्में खा-खाकर तुमने इसे ठगा है, वह वहदत और जलालवाला ख़ुदा बग़ैर सज़ा दिए तुम्हें कभी इस दुनिया में न छोड़ेगा। जिस बेदर्दी से इस ग़रीब का दिल तोड़ा है उसी तरह वह तुम्हारे ग़ुरूर को तोड़ेगा। मैं

---

1. नाफ़रमानी, धोखा, 2. मुग्धा, नवयुवती, 3. हमेशा, 4. प्यार, 5. अँधेरा, 6. एक, 7. महान्, 8. विनाशक, 9. पराक्रमी।

वादा करता हूँ कि इसका क़ह्रे-आजिल[1] तुझ पर नाज़िल हो।
जाओ जहन्नुम दाख़िल होओ।
खुदा ही इसका लेगा बदला, जो दुख दिया तूने दिल जले को।
उसी के हाथों में सौंपता हूँ, मैं अपने-तेरे मुआमले को॥

[ड्राप सीन]

1. मरणकारी विनाश।

दूसरा बाब

पहला पर्दा

[बाग़ीचा]

डैसिया : प्यारे मारकस! इनसान की फ़ितरत ही भूल है। जो कुछ हुआ सो हुआ, अब गुज़िश्ता बातों का ज़बान पर लाना फ़ुज़ूल है।

शुक्र है उसका कि जीने का सहारा हो गया।
ग़ैर का जो हो चुका था, फिर हमारा हो गया॥

मारकस : तो तुम मेरी बेपरवाही का गुनाह माफ़ करती हो?

डैसिया : मेरी जान मारकस! मैं तुम्हारी कनीज़ हूँ और कनीज़ पर आक़ा को हर तरह का अख़्तियार होता है।

क़ब्ज़ा है दिल पे, जान पे अक़्लो-तमीज़ पर।
आक़ा को अख़्तियार है अपनी कनीज़ पर॥

[गाना]

जानाँ नैनाँ लागे हैं, कबहूँ मिलो रे मोहन हम संग!
जानाँ...
जिया में बसत तोरी प्यारी री सूरतिया
दुख में जान पड़ी है
आन मानो ऐ जान, हमारी बात!
जानाँ...
सगरी रैन मोरी गुज़रे तड़प-तड़प
न्यारी तोरी शान
प्यारी-प्यारी तोरी आन
मानो जी मानो जी दिल जान
नैनाँ...

[डैसिया का जाना]

मारकस : *(स्वगत)* ओ फ़रेबी! ओ दग़ाबाज़ रोमन! तू किस क़दर ज़लील है! कितना झूठा है! तेरे होंठ झूठे लफ़्ज़ों से डैसिया के साथ मुहब्बत का इक़रार कर रहे हैं। और तेरा दिलो-जिगर दोनों अभी तक राहील को प्यार कर रहे हैं।

[राहील आती है]

मारकस : क्यों राहील, यहाँ किसलिए आई है?

राहील : मनशिया, ठहरी-

जाते कहाँ हो मुझको ठिकाने लगा के जाओ।
मारा है जिसको उसका जनाज़ा उठा के जाओ॥

मारकस : राहील, तुम यहाँ कहाँ?

राहील : अपने सय्याद[1] के पास! क़त्ल करके भूल जानेवाले जल्लाद के पास!

वो वलवले, वो जोश, वो सब प्यार क्या हुआ?
ओ बेवफ़ा बता तेरा इक़रार क्या हुआ?

मारकस : राहील हम दोनों मुहब्बत के नशे में सरशार होकर उम्मीदों से भरा हुआ एक दिलचस्प ख़्वाब देख रहे थे। अब इन ख़्वाब की बातों पर एतबार करके हवा पर मुस्तक़बिल का क़िला बनाना बेकार है; क्योंकि तक़दीर के आगे तदबीर नाचार है।

दखल कब तदबीर को तक़दीरे-इनसानी में है।
पेश आती है वही जो कुछ कि पेशानी[2] में है॥

राहील : अगर यही करना था, आगे बढ़कर धोखा ही देना था तो एक भोली-भाली सीधी-साधी लड़की को, जो अपने बाप से मुहब्बत करने के सिवा और किसी की मुहब्बत से वाक़िफ़ ही न थी, एक मासूम बच्चे की तरह, जवान हाकर भी इन ज़हरीली बातों से ख़बरदार न थी; उसके सामने दो-जानूँ[3] बैठकर, आँसू बहाकर, गिड़गिड़ाकर, क्यों मुहब्बत का यक़ीन दिलाया? क्यों उसकी ज़िन्दगी के आबे-हयात[4] में झूठी मुहब्बत के इज़हार से ज़हर मिलाया?

तुम्हीं हो, फूँक डाला दिल के साथ जानो-तन जिसने।
बिगाड़ा यह गुहर[5] जिसने, उजाड़ा यह चमन जिसने॥

---

1. शिकारी, बहेलिया, 2.ललाट, भाग्य, 3. घुटनों के बल, 4. जीवन-जल, 5. मोती।

तुम अपने जुल्म आकर इस दिले-रंजूर[1] से देखो।
हमारा घर जले और तुम तमाशा दूर से देखो॥

मारकस : राहील, जब तक सितार के तार आपस में मिले रहते हैं, तभी तक उससे दिल बहलानेवाला सुरीला नग़मा पैदा होता है। मगर तुम्हारे बाप की ज़िद ने ठोकर मारकर इस मुहब्बत के साज़ का तार-तार अलग कर दिया। अब इस टूटे हुए साज़ से दोबारा मुहब्बत का ज़मज़मा[2] पैदा होना मुहाल है। पहले मेरा कुछ और ख़याल था, अब कुछ और ख़याल है।
अब न वो बात रही और न वो जोश मुझे।
तुम भी अब कर दो मेरी तरह फ़रामोश[3] मुझे॥

राहील : यह कभी नहीं हो सकता। जिस तरह एक ख़ुदापरस्त की तबीयत दो ख़ुदाओं के सामने इताअत[4] का इज़हार नहीं कर सकती उसी तरह एक शरीफ़ और पाकबाज़ लड़की एक को छोड़कर दूसरे को प्यार नहीं कर सकती।
उम्र-भर की तुझ पे सदक़े जान मेरी हो चुकी।
तू न हो मेरा मगर मैं दिल से तेरी हो चुकी॥

मारकस : *(स्वगत)* अब मुझे राज़ के चेहरे से ज़रूर पर्दा हटाना होगा। *(प्रकट)* राहील, अब तक मुझे क्या समझती रही हो?

राहील : एक शरीफ़ यहूदी!

मारकस : और अब क्या समझती हो?

राहील : एक वफ़ादार रोमन।

मारकस : मगर न मैं वो था और न ये हूँ।

राहील : फिर?

मारकस : फिर? मैं सल्तनत रोम का वली अहद और होनेवाला शहरयार[5] हूँ। और यही वजह है कि अपनी हम-मज़हब और हम-क़ौम के साथ शादी करने के लिए लाचार हूँ।

राहील : तुम वली अहद! होनेवाले बादशाह हो?

मारकस : हाँ! अब इस क़िस्से को तूल देना सरासर नादानी है। क्योंकि मेरी शादी होनेवाली है और कल का दिन मुक़द्दर के फ़ैसले की तरह अटल है।

---

1. दुखी हृदय, 2. राग, 3. भुला देना, 4. स्तुति, 5. बादशाह।

राहील : तो मुक़द्दर का यह फ़ैसला है कि यह शादी हरगिज़ न हो!

मारकस : ज़रूर होगी।

राहील : कभी न होगी।

मारकस : कल ही हो जाएगी। उम्मीद बर आएगी।

राहील : क़यामत तक न होगी।

मारकस : मैं जो कहता हूँ।

राहील : मैं भी जो कहती हूँ।

मारकस : इस शादी को कौन रोक सकता है?

राहील : मैं! मैं! अज़रा यहूदी की लड़की राहील!

मारकस : तू! तू?

राहील : हाँ, हाँ मैं! और मेरे साथ रोम का रिवाज। रोम का क़ानून। रोम का बादशाह। मैं इन सबको मजबूर कर दूँगी कि दग़ाबाज़ की उम्मीदों को ख़ाक़ में मिला दिया जाए, इस बद-अंज़ाम शादी के घरौंदे को पैर की ठोकरों से ढा दिया जाए!

बे-आस मैं रही तो रहे नामुराद तू,
नाशाद[1] मुझको करके रहेगा न शाद तू।
इस बेकसो-ग़रीब को दुख दे के बेवफ़ा,
फल पाएगा न दहर्[2] में रख खूब याद तू।

मारकस : यह नामुमकिन है।

राहील : अगर यह नामुमकिन हुआ तो मैं यह समझूँगी कि ज़ालिमों और नौजवानों के लिए मैदान साफ़ है। रोम में न कोई क़ानून है, न इन्साफ है।

बातिल[3] हैं बुज़दिले हैं बज़ाहिर दिलेर हैं।
ये दूर से डराने को मिट्टी के शेर हैं॥

मारकस : चुप!

राहील : आह!

[गाना]

कैसे बेदर्दी के पाले पड़े हैं,
कि फ़ुर्क़त में जीने के लाले पड़े हैं।

---

1. अप्रसन्न, 2. संसार, ज़माना, 3. नक़ली।

ज़ालिम निगाहों की बेदाद[1] देखो,
कि चित्तवन के सीने पे भाले पड़े हैं।
दिल लगाना था दिल्लगी दिल की,
अब रुलाने लगी हँसी दिल की।
शम्मा-रू[2]! देख हाले-परवाना
बुरी होती है ये लगी दिल की॥

ज़ालिम मुहब्बत ने आग लगाई,
जल-जल के सीने में छाले पड़े हैं।
कैसे बेदर्दी के पाले पड़े हैं...

1. बेरुखी, 2. दीपक की भाँति प्रकाशमान चेहरेवाली।

दूसरा पर्दा

[दरबार]

[सहेलियों का गाना]

जाम भरके, न ढरके सो दिलबर के बाँह
लो जी साहब, लो प्यारा, लो जी
झूठी बतियाँ न बनाओ, न शरमाओ
प्यारी ज़रा कड़के, जाम भर के...
नित पिया पिया करत री, सजना सलोना मन भाए।
रंग-रंगीले छैल-छबीले मन भाए जियरा लुभाए।
जानी गले लग जाव
शुभ घड़ी, शुभ हाथ, वाह! वाह! वाह!
हाँ ये जरके[1] बुझेंगे जिगर के, जाम भरके...

नम्बर-1 : लचक है शाख़ों में, जुंबिश हवा से फूलों में।
बहार झूल रही है ख़ुशी के झूलों में॥

नम्बर-2 : हवा-ए-ऐश ने फैला दी निगहते-शादी,[2]
उड़ा है मुश्के-ख़तन[3] ख़ाक के बगूलों में।

चोबदार : आली मरतबत[4] शहज़ादी! अज़रा यहूदी दरे-दौलत पर आया है और वह बेशक़ीमती हार, जिसकी तैयारी का हुज़ूरे-आलिया ने हुक्म दिया था, साथ लाया है।

डैसिया : हाज़िर करो।

ब्रूटस : देवता खैर करे! यह नहूसत[5] की निशानी, मुसीबत का पेशख़ेमा[6], इस हँसी-खुशी के जलसे में कहाँ से नाज़िल हुआ।

---

1. जलकर, 2. शादी की खुशबू, 3. ख़तन नामक शहर की कस्तूरी, 4. मरतबेवाली, 5. अमंगल, 6. सूचक।

पहला दरबारी : बुज़ुर्ग बाप! आपने नफ़रत का इज़हार क्यों किया? क्या कोई वह चोर या ख़ूनी है?

ब्रूटस : इस शादी के जलसे में एक यहूदी का हार लाना सख़्त बदशगुनी है।

पहला : मगर इसके यहाँ आने से हमारा क्या नुक़सान हो सकता है?

ब्रूटस : रातों को एक भूँकनेवाला कुत्ता क्या नुक़सान पहुँचाता है, जो मुहल्ले से ढेले मार-मारकर भगा दिया जाता है। मकान की छत पर ग़मज़दा और बारीक़ बोलनेवाला उल्लू क्या तकलीफ़ देता है, जो फ़ौरन बाँस और ढेलों से उड़ा दिया जाता है। जिस तरह ये दोनों अपनी-अपनी मौजूदगी से नहूसत फैलाते हैं उसी तरह यह मनहूस यहूदी भी जहाँ जाते हैं, कोई-न-कोई मुसीबत ज़रूर लाते हैं।

[अज़रा का आना]

डैसिया : अज़रा! खुश-आमदीद! ग़ालिबन तुम हार मेरी मर्ज़ी के मुआफ़िक़ ही तैयार करके लाए हो!

अज़रा : ख़ादिम ने कोशिश तो इसी बात की की है। यक़ीन है कि हुज़ूरे-आलिया देखकर बहुत पसन्द फ़रमाएँगी और खुशनवाई मज़ाज का सर्टिफिकेट अता फ़रमाएँगी।

[हार दिखाता है]

डैसिया : बहुत अच्छा! बहुत ख़ूबसूरत! यह दिलकश हार जब मेरे ईसा-नफ़्स[1] मारकस की सुराहीदार गरदन का हार होगा तो बड़ा पुरबहार होगा।

ब्रूटस : अज़ीज़ शहज़ादी! चूँकि यह हार एक यहूदी के हाथ का बनाया हुआ है इसलिए इसे पहले मन्दिर में भेजकर पाक बनाया जाए, इसके बाद शहज़ादा मारकस के गले में पहनाया जाए।

अज़रा : आली मरतबत, दीनी सरदार! जिस तरह रोमन क़ौम बादशाह की फ़रमाबरदार है उसी तरह यहूदी क़ौम भी उसकी दुआगुज़ार है। जिस तरह वो शाही एहकाम[2] की हुरमत[3] करते हैं, हम भी

---

1. प्राणप्रिय, 2. आदेश, 3. आदर।

करते हैं। जिस तरह वो शाही दुश्मनों को अपना दुश्मन मानते हैं उसी तरह हम भी उनको हक़ीर[1] जानते हैं। जब बादशाह का अपनी रैयत के हर छोटे-बड़े पर यकसाँ[2] हाथ है तो महज़ मज़हबी तअस्सुब की बिना[3] पर उसकी एक शरीफ़ रेआया को सरे-दरबार ज़लील करना कितनी शर्म की बात है!

ब्रूटस : ज़लील को ज़लील कहना मेरी नज़र में कोई बुराई नहीं। क्या तुम यहूदियों ने अपनी सूदखोरी, अपनी कीनापरवरी[4], अपनी बेरहमी से हम रोमियों के सर पर तरह-तरह की मुसीबत ढाई नहीं है? उनके हिस्से में कौन-सी बुराई है जो आई नहीं है?

अज़रा : लेकिन अगर वाक़ई हम ऐसे हैं तो हमें ऐसा बेरहम बनानेवाले भी तुम और तुम्हारी क़ौम है। जब तुम हमारे पाक मज़हब की हिक़ारत करोगे और हमारे मुँह पर थूकोगे, हमें एक कुत्ता समझकर ठुकराओगे तो क्या हमारे दिल में भी इन्तक़ाम का सोया हुआ जज़्बा बेदार[5] न होगा। जब ग़रीब जानवर भी अपने सतानेवाले पर पलटकर हमला करेगा तो दिल और कलेजा रखनेवाला इनसान क्योंकर बदला लेने को तैयार न होगा?

ब्रूटस : झूठे! अगर हम वाक़ई ऐसे ही होते तो तुम लोग हमारी सल्तनत में रहने ही न पाते, चील और कौवों की ग़िज़ा[6] हो जाते।

अज़रा : क्यों नहीं! यह आफ़ताब[7] जो हमें रोशनी पहुँचाता है, यह दरिया जो हमें पानी पिलाता है, यह ज़मीन जो हमारे लिए ग़िज़ा उगाती है-ग़रज़ क़ुदरत की हर एक क़ुव्वत जो हमारी ख़िदमत बजा लाती है-यह सब तेरी ही मेहरबानी है! तुम्हारी ही वजह से हमारी ज़िन्दगानी है! क्या हमारे ख़ुदा तुम ही हो?

ब्रूटस : अच्छा, तू बता सकता है कि तेरी क़ौम के साथ हमने कौन-सा बुरा सलूक किया है? कौन-सा अज़ाब[8] दिया है?

अज़रा : यह मुझसे नहीं, अपने बेदर्द दिल से पूछो! अपने खून-भरे हाथों से पूछो! अपनी छुरियों और ख़ंजरों से पूछो! क्या हज़ारों यहूदियों को महज़ इस क़सूर पर कि वह यहूदी मज़हब के ख़ुदा को पूजते हैं, सख़्त-से-सख़्त अज़ाब के साथ क़त्ल नहीं कराया? हज़ारों बच्चों को यतीम और हज़ारों औरतों को बेवा

---

1. तुच्छ, 2. समान, 3. आधार, 4. विद्वेष, 5. जाग्रत्, 6. आहार, 7. सूरज, 8. यातना।

नहीं बनाया? हमारी क़ौम के मज़लूम बेकसों से अपना क़ैदख़ाना नहीं बसाया? अगर यही अच्छा काम है तो मुझे बताओ कि नाइनसाफी और ज़ुल्म किस चीज़ का नाम है?

तुम सितम करते रहे और हम सितम देखा किए।
ख़ानमाँ[1] बरबाद होकर रंजो-ग़म देखा किए॥
सर हुए तेग़े-अदावत से क़लम देखा किए।
तुमने की लाखों जफ़ाएँ और हम देखा किए॥
बुग्ज़ का हम पर मगर उल्टा असर होता गया।
छाँटने से नख़्ले-मज़हब[2] बारवर[3] होता गया॥

डैसिया : नाआक़बत-अन्देश[4] यहूदी! ख़ामोश रह। क्या ज़िन्दगी से नाउम्मीद है? *(ब्रूटस से)* बुज़ुर्ग बाप! एक फ़र्सूद:-हवास[5] बूढ़े को अपना मुख़ातिब बनाना आपकी शान से बईद[6] है।

शाह टाइनस : मैं डैसिया की राय को पसन्द करके आपको इस अहम-क़ाना जुर्रत से चश्मपोशी[7] करने और इस यहूदी को ख़ामोश रहने का हुक्म देता हूँ। ख़ैर[8] सुनिए और बरकत[9] देकर अज़ीज़ बच्चों का हाथ मिलाइए?

ब्रूटस : खुश और एक-दूसरे पर मेहरबाँ रहो।
दुनिया में बामुराद[10] रहो शादमाँ[11] रहो॥

राहील : *(आकर)* ठहरो, ठहरो! जब तक बादशाहे-आदिल[12] के हुज़ूर में एक मज़लूम बावफ़ा की अर्ज़ी पेश होकर दग़ाबाज़ी के मुक़दमे का फ़ैसला न हो जाए, उस वक़्त तक ठहरो।

शाह टाइनस : यह कौन?

मारकस : *(ख़ुद से)*
बाइसे-तकलीफ़ राहत में गराँ[13] जानी हुई।
सुन रहा हूँ साफ़ इक आवाज़ पहचानी हुई॥

अज़रा : राहील, तू यहाँ क्यों आई?

राहील : इनसाफ़ पाने।

अज़रा : क्या तुझे यक़ीन है कि एक रोमन शहज़ादे के ख़िलाफ़ एक मजलूम यहूदी की लड़की की फ़रियाद सुनी जाएगी।

---

1. घर-बार 2. धर्मरूपी वृक्ष, 3. बढ़ना, 4. जिसे परिणाम का भय न हो, 5.जिसने अपने होश खो दिए हों, 6. बाहर, 7. आँख मूँदने, 8. कुशल-मंगल, 9. शुभाशीष, 10. कामनापूर्ण, 11. प्रसन्न, 12. न्यायी बादशाह, 13. भारी।

राहील : अगर दरबार का यह दावा है कि यहाँ अमीर और ग़रीब दोनों का यक़साँ असर होता तो उसे अपने दावे की शर्म रखने के लिए मेरी फ़रियाद ज़रूर सुननी पड़ेगी।

बादशाह : ऐ अजनबी लड़की! साफ़ लफ़्ज़ों में हाल बयान कर। अगर तू मज़लूम है तो तेरा हरीफ़[1] चाहे शाही नस्ल का ही क्यों न हो, इनसाफ़ ज़रूर तेरी तरफ़दारी करेगा। बोल, तू किसकी सताई है और किसके ख़िलाफ़ फ़रियाद लाई है?

राहील : मुझे सतानेवाला, दीनो-दुनिया से मिटानेवाला-
जफ़ा-पेशा[2] वफ़ा-दुश्मन, सितमगर कौन है; यह है!
शिकायत जिसकी करता है मुक़द्दर कौन है; यह है!!

[मारकस की ओर इशारा]

ब्रूटस : कौन? शहज़ादा मारकस?

बादशाह : वली अहदे-सल्तनत?

राहील : हाँ, यही यही!
इसी के दाम[3] से ख़िज़ाँ बाग़ की बहार हुई।
यही है जिससे मेरी ज़िन्दगी ख़्वार हुई॥

बादशाह : मारकस, सुनता है! इस इल्ज़ाम का तेरे पास क्या जवाब है?

मारकस : सताई गई थी, बुरा कह रही है।
जो यह कह रही है, बजा[4] कह रही है॥

डैसिया : दीवानी औरत! बोलने से पहले सोच ले कि क्या कह रही है?

राहील : बचिए, बचिए! शहज़ादी साहबा! इस ख़ूबसूरत साँप से बचिए।
बेरहम है ये रहम सरे-मू[5] नहीं रखता।
ये रूह में दर्द आँख में आँसू नहीं रखता॥
आज़ाद है जज़्बात पे क़ाबू नहीं रखता।
वो फूल है ये फूल जो ख़ुशबू नहीं रखता॥

डैसिया : बस-बस! ख़ामोश! मैं ऐसा कोई लफ़्ज़, जिससे मेरे मंगेतर की तौहीन हो; नहीं सुन सकती।

राहील : शहज़ादी!

---

1. प्रतिपक्षी, 2.अत्याचारी, 3. फन्दे, 4. ठीक, 5. बाल में।

सरासर मक्र[1] सर-ता-पा[2] वफ़ा-ना आशना[3] है यह।
मेरी आँखों से देखो तुम हो रौशन कि क्या है यह॥
कुँवारी रहना बेहतर जानिए इस अक़्द[4] होने से।
वफ़ा की है अबस[5] उम्मीद मिट्टी के खिलौने से॥

ब्रूटस : *(बादशाह से)* आलीजाह! अगर आप मेरी अर्ज़ समाअत फ़रमाएँ[6] तो मैं यह कहूँगा कि औरतों के बयान पर कभी यक़ीन न करना चाहिए। ये औरतें शैतान के मकतब[7] से तालीम पाकर निकली हैं। इसीलिए इनसे हर वक़्त डरना चाहिए।

ज़फा से रब्त करें और वफ़ा से आर करें।
जिगर पे ज़र्ब लगाएँ तो दिल से वार करें॥
जो शर्मनाक अमल हों हज़ार बार करें।
ये बेगुनाह को दम में गुनाहगार करें॥
हज़ारों मक्र के पहलू निकलते बात से हैं।
जहाँ में जितने हैं फ़ितने[8] सब इनकी जात से हैं॥

अज़रा : सरीर-आराए-अदालत[9]! सल्तनत का एक मोअज़्ज़िज़[10] रुक्न[11] होकर इनसाफ़ के रास्ते में रोड़ा अटकाए, दबाव डालकर शाही इनसाफ़ और शाही राय को एक मज़लूम फरियादी के ख़िलाफ़ बताए; क्या यह इन-जैसे मुक़द्दस[12] आदमी को सज़ावार[13] है? क्या बादशाहे--हक़पसन्द का इनसाफ़ मज़लूमों का सरपरस्त होने के बदले ज़ालिमों का तरफ़दार है?

बादशाह : नहीं यहूदी, कभी नहीं! जिस तरह आफ़ताब की रौशनी अमीरों के महल और ग़रीब के झोंपड़े में कोई फ़र्क़ नहीं करती उसी तरह मैं इनसाफ़ के वक़्त अदना और आला सबको यकसाँ जानता हूँ। अपनी ज़िम्मेदारी और अपना फ़र्ज़ पहचानता हूँ।

अज़रा : बस, तो फिर झगड़ा साफ़ है। आज के दिन आपके लिए सिर्फ़ एक ही काम है। और वह इनका इनसाफ़ है।

बादशाह : मैं इनसाफ़ करने के लिए अपनी पूरी ताक़त सर्फ़[14] करूँगा।

राहील : ख़ुदा आपको मज़लूम की हिमायत के लिए क़यामत तक ज़िन्दा रखे। फ़रमाइए, आपकी रेआया में से कोई शख़्स किसी

---

1. छल, 2. सिर से पाँव तक, 3. बेवफ़ा, 4. निकाह, 5. व्यर्थ, 6. सुनें, 7. स्कूल, 8. बुराइयाँ, 9. इनसाफ़ के तख़्त की शोभा बढ़ानेवाले, 10. सम्मानित, 11. सदस्य, 12. पवित्र, 13. उपयुक्त, उचित, 14. खर्च।

औरत से शादी का वादा करके उसकी मुहब्बत का शिकार करे और उसके कुँवारे होंठों और गालों को नापाक बनाने के बाद उसे छोड़कर किसी दूसरी औरत से प्यार करे तो इसके लिए हुजूरे-वाला का क़ानून क्या सज़ा तजवीज़ करता है?

बादशाह : मौत! बग़ैर रहम के मौत!

अज़रा : तो बस हो चुका फ़ैसला, हो चुका! आप शाही नाम की इज़्ज़त हैं। तख़्ते-सल्तनत के अहेल[1] हैं। क़लम उठाइए और अहदे-सल्तनत के क़त्ल का हुक्म सादिर[2] फ़रमाइए।

बादशाह : मगर पहले मुझे उसका गुनाह तो मालूम होना चाहिए!

राहील : यह आपकी इज़्ज़त और शोहरत को बरबाद करनेवाला इस मुल्क की ग़रीब लड़कियों के सिर पर तबाही ला रहा है। इसने पहले मुझसे शाही का वादा करके मुझे धोखा दिया और अब शहज़ादी डैसिया को भी फ़रेब के फन्दे में फँसा रहा है।

मुझको न किया जब तो इसे शाद[3] करेगा?
इसको भी मेरी तरह यह बरबाद करेगा॥

बादशाह : मारकस, उठ खड़ा हो! जवाब दे! वरना बदतरीन क़िस्म की सज़ा-ए-मौत तेरे लिए तैयार है।

मारकस : बेशक गुलाम आपका ख़तावार है और दस्तबस्ता हुजूरे-वाला से रहम का उम्मीदवार है।

ब्रूटस : जहाँपनाह!

बादशाह : बस कुछ नहीं।

ब्रूटस : यह न होना चाहिए।

बादशाह : यह ज़रूर होगा।

ब्रूटस : मेरी अर्ज़ यह है कि क़ानून गुमराहों के वास्ते है न कि खैरख़्वाहों के वास्ते।

बादशाह : अगर बादशाह गुमराह है तो वह भी क़ानून की रस्सी में जकड़ा जाएगा। अगर शहजादा चोर है तो इस जुर्म में ज़रूर पकड़ा जाएगा।

ब्रूटस : मैं फिर अर्ज़ करता हूँ कि आम रैयत से एक शहज़ादा ज़्यादा क़ाबिले-तौक़ीर[4] है। जिस हथियार से गुलाम पर ज़र्ब लगाई

---

1. मालिक, 2. जारी करना, 3. प्रसन्न, 4. इज़्ज़त के क़ाबिल।

जाए उसी हथियार से आक़ा को क़त्ल करना मरतबे और शान की तहक़ीर है।[1]

बादशाह : मगर इनसाफ़ की तलवार आक़ा और गुलाम दोनों के साथ यकसाँ सलूक करती है।
यहाँ तमीज़[2] न आक़ा में और न बन्दे में।
कि साफ़ा दोनों की गर्दन है एक फन्दे में॥

ब्रूटस : इश्क़ का जोश एक क़िस्म का जुनून होता है।

राहील : और उसका इन्तक़ाम पुरसुकून[3] होता है।

ब्रूटस : अरे चुप, चुप! तू एक भिखमंगे कंगाल की ज़लील छोकरी और चिराग़े-सल्तनत बुझाने का इरादा! एक मुफ़लिस बे-नंगो-नाम[4] लड़की और ख़ानदाने-शाही को मिटाने का इरादा!

राहील : तो फिर यह क्यों नहीं कहते कि अमीरों के सर ताजे-ज़र[5] के लिए हैं और ग़रीबों के सर अमीरों की ठोकर के लिए हैं।

ब्रूटस : बेशक!

अज़्रा : वाह रे मज़हब और वाह रे मज़हबी पेशवा!
तुम्हारा ग़म है ग़म, मुफ़लिस का सदमा इक कहानी है!
तुम्हारा ऐश है ऐश और हमारा ऐश फ़ानी है॥
यहाँ बचपन बुढ़ापा वाँ बुढ़ापा भी जवानी है।
तुम्हारा खून है खून और हमारा खून पानी है॥
ये ज़र ये नख़वतें[6] क्या ले के अपने साथ जाएगा!
यहीं रह जाएगा सब याँ से ख़ाली हाथ जाएगा॥

राहील : आदिल[7] सुल्तान! अब मुझे इनसाफ़ मिलने में क्या देर है? अगर आपने अभी तक न सुना हो तो मैं इससे भी ज़्यादा बुलन्द आवाज़ से 'इनसाफ़-इनसाफ़' पुकार सकती हूँ!

बादशाह : आह! क्या करूँ क्या न करूँ!
घड़ी शादी की जो शाद आई थी नाशाद जाती है,
इधर इनसाफ़ जाता है उधर औलाद जाती है।
अँधेरे में पड़ा था क्या ख़बर थी मुझको इस दिन की,
जवानी इसकी और मेहनत मेरी बरबाद जाती है।

अज़्रा : आदिल सुल्तान! क्या बेटे की मुहब्बत और इनसाफ़ में जंग हो रही है?

---

1. निम्नता, 2. भेद, 3. शान्ति देनेवाला, 4. निर्लज्ज, 5. कीमती ताज, 6. अहंकार, नाज, 7. न्यायी।

बादशाह : हाँ, मगर फ़तह इनसाफ़ ही को मिलेगी!

राहील : तो फिर इनसाफ़ मिलना चाहिए।

बादशाह : ज़रूर मिलेगा।

राहील : जनाबे-वाला से?

बादशाह : हाँ, मुझसे।

राहील : तो कहाँ?

बादशाह : यहाँ।

राहील : किस वक़्त?

बादशाह : इसी वक़्त। बढ़ो, ऐ शाही हुक्म के परस्तारो[1]! इस नाख़लफ़[2] को बेड़ियाँ-हथकड़ियाँ पहनाओ और मुक़दमे का फ़ैसला होने के लिए कल इसे मज़हबी अदालत में ले जाओ।

---

1. पुजारियो, 2. नालायक़ बेटा।

तीसरा पर्दा

[राहील का घर]

[राहील का गाना]

तिरछी नज़रों से मोरा मन हर गयो रे!

वो कहते हैं कि तेरा दिल चुरा के क्या लेते,
कि जितना चाहते उतना तुझे सता लेते।
न अपने काम का दिल है न ये किसी क़ाबिल,
वो ऐसी चीज़ ही क्या थी कि हम छुपा लेते।
पिया दिल लेके मोरा मुकर गयो रे!...
तिरछी नजरों से...

चमन में बादे-सबा[1] मस्त मस्त फिरती है,
चटक-चटक के हर इक़ शाख से निकलती है।
जो ख़ुम[2] से शीशे[3] में महफ़िल में मय उतरती है,
तो मुँह से मस्तों के आवाज़ ये निकलती है-
आगे गुलशन में मोरा गुले-तर गयो रे!
तिरछी नजरों से...

जिस दिन से हम आए यहाँ मुल्के-अदम से।
दम-भर हमें फ़ुर्सत न मिली रंजो-अलम से॥
दुनिया में ख़ुशी का न कभी जाम मिलेगा।
जब क़ब्र में जाएँगे तब आराम मिलेगा॥

ओह शहजादी, मेरी रक़ीब आती है। मुज़ायका नहीं, जो हालत

---

1. सुबह की हवा, 2. घड़ा, 3. गिलास।

मेरी है वही उसकी है। जैसी मैं दुखी हूँ वैसी ही वह भी दुखी है।

डैसिया : *(स्वगत)* ओ आसमान के फ़रिश्तो! मुझे तौफ़ीक़ दो कि मैं बावफ़ा मारकस की जान बचाऊँ और शिकस्ता-दिल[1] यहाँ से उठ न जाऊँ।

[गाना]

साजन पर है कैसी सखी बिपत आई।
सौतन झुँझलाई॥
काहे कौन जतन करूँ रे माई।
साजन पर...,
मन की कहूँ कासे, कठिन बिपत की बतियाँ!
आस पूरी मोरी करो तोरी शरन बे जगधर,
बर माँगन आई
साजन पर...

राहील : हुजूर, क्या आप इस जनमजली की दबी हुई आग को भड़काने आई हैं? क्या इस बुझते चिराग़ को और जलाने आई हैं?

[डैसिया का आना]

डैसिया : ऐ हूरे-शमायल[2] राहील!

राहील : कौन है हूर-ओ-परी शम्शो-कमर आप कि हम।
कौन है यार की मंजूरे-नज़र आप कि हम॥

डैसिया : बख़्त[3] लाया है मुझे तेरी रसाई[4] करने।
मैं तेरे क़दमों में आई हूँ गदाई[5] करने॥

राहील : जी मेरा माल था सो तुमने छुपा रक्खा है।
अब यहाँ क्या है मेरे हाथ में क्या रक्खा है॥

डैसिया : तुम्हारे हाथ में उस नादान मारकस की जान है।

राहील : वह जान हमारी जान के साथ जाने की शायान[6] है।
बुरे का हाल दुनिया में बुराई हो तो अच्छा हो।
मुझे रुसवा किया जिसने इलाही वो भी रुसवा हो॥

---

1. जिसका दिल टूट गया हो, 2. हूर-जैसी विशेषताओंवाली, 3. भाग्य, 4. निकटता, 5.भीख माँगना, 6. लायक।

डैसिया : जिस मैदाने-क़यामत में नफ़्सी[1] नफ़्सी पुकारी जाएगी वहाँ किसकी जान तुम्हारे काम आएगी। राहील! यहाँ की अदालत ज़ाबिर[2] है, शहजादे की जान नाहक़ जाएगी।

आईन[3] अदालत का यहाँ साफ़ नहीं है।
आईनः है, उसमें मगर इनसाफ़ नहीं है॥

राहील : यही आईनी इनसाफ़ होगा! इसी से मेरा आईन-ए-दिल साफ़ होगा!

डैसिया : नहीं, यूँ न कहो। गौ उसने तुम्हें ठगा है, मगर उस दग़ाबाज़ को ख़ुदा पर छोड़ देना अच्छा है।

आप मर जाएँ बशर[4], पर ग़ैर की जाँ बख़्श दे।
आरज़ू बख़्शिश की रखता हो तो इन्साँ बख़्श दे॥

राहील : छोड़ दूँ उसको कि तुम चैन करो उसके साथ।
छोड़ दूँ उसको कि तुम बोलो-हँसो उसके साथ॥

राहील : मैं कभी दिल न अहले-दग़ा[5] को दूँगी।
दिल अगर दूँ तो अपने ख़ुदा को दूँगी॥

राहील : उसको मैं आपकी ख़ातिर न कभी छोड़ूँगी।
अपना दम तोड़ूँगी और उसका भी दम तोड़ूँगी॥

डैसिया : नहीं, अज़ीज़ राहील! नेकी का नतीज़ा बेकार नहीं। चलो आओ, अदालत में कह दो कि शहज़ादा क़सूरवार नहीं।

राहील : क़सूरवार नहीं! जिसने मुझको गौर[6] किनारे लगाया वह क़सूरवार नहीं!

मैं न गवारा उसकी जुदाई जीते-जी मंजूर करूँगी।
साथ जियूँगी साथ मरूँगी प्यार किया है प्यार करूँगी॥

डैसिया : बेख़बर, प्यार का जीना तुझे मालूम नहीं।
सच्चे आशिक़ का क़रीना[7] तुझे मालूम नहीं॥
प्यार में यार की राहत में तवक़्कुफ़[8] न कर।
सर भी कट जाए रहे-यार में उफ़ न कर॥

राहील : अपने किए की आप सज़ा क्यों न पाए शमाँ।
खुद क्यों जले अगर न किसी को जलाए शमाँ॥

डैसिया : तुम अपने जोशे-ग़ज़ब[9] में सिर्फ़ रश्को-रक़ाबत[10] की सदाओं

---

1. हर व्यक्ति, 2. क्रूर, 3. विधान, 4. आदमी, 5. दग़ा करनेवाले, 6. क़ब्र, 7. ढंग, 8. कटौती, 9. क्रोध के आवेश, 10. ईर्ष्या और प्रतिद्वन्द्विता।

पर ज़ोर लगा रही हो, सच्ची मुहब्बत के दिलरुबा फ़राएज़ को भूल जा रही हो। मगर मुझे तो देखो कि मैं जन्म के साथ उसकी होनेवाली हक़दार बीवी, उससे दस्तबरदार[1] होकर भी उसकी सलामती के लिए अपनी शान के ख़िलाफ़ ज़िल्लतें उठा रही हूँ। तुम्हारे पाँवों पर सर झुका रही हूँ। मुझे उसकी जान की ख़ैरात दो। चाहे उसके बदले मेरी जान ले लो।

राहील : आहा! यह क़ुदरत का इन्तक़ाम है। यह इबरत का मुक़ाम है कि जो मग़रूर किसी का सर ज़लील समझकर ठुकराते हैं वही मजबूर होकर एक दिन उसके पैरों पर सर झुकाते हैं। अच्छा, उसकी जान-बख़्शी इनाम?

डैसिया : मुँह-माँगा मुआवज़ा। जो चाहो सो लो, पर शहज़ादे की जान बचा लो।

राहील : नहीं! यह टूटा हुआ दिल और भी चूर-चूर करूँगी। मगर तुम्हारा सुख़न[2] कभी न मंज़ूर करूँगी।

डैसिया : मैं मंज़ूर कराऊँगी। तुम्हें पाँव पड़-पड़कर मनाऊँगी।
अगर सच्ची अशराफ़[3] औरत हो तो मर्दनी दिखाओ।
जहन्नुमी देवता बनकर नेक औरत का नाम न हँसाओ।

राहील : नहीं-नहीं। औरतों का नाम नहीं हँसाऊँगी। मर्दों को यह कहने का मौक़ा नहीं दूँगी कि एक रोमन शहज़ादी ने सर झुकाया और एक मग़रूर यहूदन ने रहम न खाया। उठो शहज़ादी, उठो। गो मैं इसमें अपनी वाजिबी दाद न पाऊँगी मगर तुम्हारी इस गिरियः-ओ-ज़ारी[4] से जफ़ा[5] पर भी वफ़ा दिखाऊँगी। सरकार! जाओ, खौफ़ न खाओ। जब मेरा जिस्म पाके-ख़ाक में मिल जाए और बेवफ़ा दुनिया हमारी क़ौम को ख़ुदग़रज़ बताए, उस वक़्त तुम पुकारकर कह देना कि शिकस्ता-दिल[6] राहील अगरचे यहूदी थी, मगर सच्ची वफ़ादार और प्यार का सदाबहार गुलशन थी।

डैसिया : आफरीन[7]! ओ सच्चे प्यार की पुतली आफ़रीन! अगरचे मौत का दरवाज़ा इस वक़्त तुम्हारे सामने खुला है, मगर जन्नत का दारोग़ा तुम्हारी पेशवाई[8] को खड़ा है।

---

1. अलग, 2. बात, 3. शरीफ़, 4. रुदन एवं विलाप, 5. अत्याचार, 6. जिसका दिल टूट चुका हो, 7. साधुवाद, 8. स्वागत।

राहील : मैं चलूँगी और उस बेवफ़ा का आख़िरी दीदार देखकर मरूँगी। राहील मर जाएगी, मगर जो कहा है उसे कर दिखाएगी– बचाएगी और उसे ज़रूर बचाएगी।

ग़रीबों का भी कोई आसरा होता तो क्या होता,
बुते–काफ़िर हमारा भी ख़ुदा होता तो क्या होता।
कोई लज़्ज़त नहीं है फिर भी दुनिया प्यार करती है,
ख़ुदाबन्दा! मुहब्बत में मज़ा होता तो क्या होता।
जब इतनी बेवफ़ाई पर दिल उसको प्यार करता है,
इलाही वो सितमगर बावफ़ा होता तो क्या होता।
सुना है 'हश्र' वो ज़िक्रे–वफ़ा–ए–ग़ैर करते हैं,
जो मैं भी बीच में कुछ बोल उठा होता तो क्या होता।

चौथा पर्दा

[मज़हबी अदालत]

ब्रूटस : तू होश में है?

राहील : हाँ।

ब्रूटस : तुझ पर कोई दबाव तो नहीं डाला गया?

राहील : नहीं।

ब्रूटस : तो तू अपना पहला बयान वापस लेती है?

राहील : हाँ।

अज़रा : राहील! राहील! क्यों मुहब्बत में अन्धी हो गई है?

राहील : इसलिए कि अब और कुछ नज़र नहीं आता।

अज़रा : क्यों अपने हाथों से अपनी क़ब्र खोद रही है?

राहील : इसलिए कि क़ब्र में जाऊँगी तो बेवफ़ाओं के जुल्म से निजात पाऊँगी।

अज़रा : अदालत इसकी बातों का यक़ीन न करे। इस पर ज़रूर किसी ने जादू कर दिया है।

ब्रूटस : राहील! मैं रोम के क़ानून के मुताबिक तुझसे तीसरी बार और पूछता हूँ कि तू शहज़ादा मारकस पर लगाए हुए तमाम इल्ज़ामात वापस लेती है?

राहील : हाँ। लफ़्ज़-ब-लफ़्ज़।

अज़रा : दिल आया जब तो रुक सकता नहीं ज़िनहार औरत का।
मज़ाजे-मर्ग[1] से भी मुस्तक़िल है प्यार औरत का॥

मारकस : *(स्वगत)*
ये क्या मानी, ज़वाँ बदली सुखन बदले अदा बदली,
यो क्यों कर इस जफ़ादीदः[2] ने है तर्ज़े-वफ़ा बदली।

---

1. मृत्यु का स्वभाव, 2. सताई गई।

छुपाती है घटा बनकर ये मेरी जुर्मे-इसियाँ[1] को,
इलाही आज इस गुलज़ार की कैसी हवा बदली।

ब्रूटस : अज़रा, चूँकि तुम भी इस दावे की ताईद करनेवाले थे इसलिए अब तुम क्या कहते हो?

अज़रा : जिस तरह अफ्रीक़ा के बयाबान में रेग[2] के ज़र्रे हैं उनसे भी ज़ियादः मेरे पास अल्फाज़ थे, मगर इस नाआक़िबत-अंदेश[3] की वजह से अब कुछ नहीं कहना चाहता और अदालत के फ़ैसले के सामने अपना सर झुकाता हूँ।

ब्रूटस : तो अब मेरा फ़र्ज़ इतना रह गया है कि अपना हुक्म सुनाऊँ *(मारकस से)* शहज़ादा मारकस! इज़्ज़त-आबरू के साथ आपकी रिहाई की जाती है। *(राहील और अज़रा से)* राहील और अज़रा! तुम्हें एक रोमन शहज़ादे पर झूठा इलज़ाम लगाने के जुर्म में ज़िन्दा आग में जलाए जाने की सज़ा दी जाती है।

राहील : मेरे बाप को सज़ा! मेरे बाप को मेरे जुर्म से क्या सरोकार?

ब्रूटस : इसलिए कि यह तुम्हारा मुआविनो[4] मददगार है।

राहील : नहीं-नहीं! यह नाइनसाफ़ी है! ज़ुल्म है। मुझे मार दो, बरबाद कर दो, मगर मेरे बूढ़े बाप को आज़ाद कर दो।

ब्रूटस : अब कुछ नहीं हो सकता। इजलास बरख़ास्त।

मारकस : बुज़ुर्ग बाप! इस वफ़ादार लड़की ने चूँकि मेरे साथ निहायत शरीफ़ाना सलूक किया है इसलिए अगर आप अपने वली अहद और होनेवाले शहरयार[5] को हमेशा के लिए हलक़ा-बग़ोश[6] करना चाहते हैं तो इसकी रिहाई की तदबीर कीजिए।

ब्रूटस : शहज़ादे! मेरे दिल में खुद ना-मालूम जज़्बात का तलातुम[7] है। मैं खुद इस लड़की पर रहम करना चाहता हूँ, मगर अफ़सोस कि क़ानून का शिकंजा इसे नहीं छोड़ सकता।

मारकस : कुछ भी तदबीर फ़रमाइए, मगर इसकी जान बचाइए।

ब्रूटस : अच्छा, आप जाइए। मुझसे जो मुमकिन होगा वह करूँगा। राहील! अगर तुम्हारा बाप तुम्हें बचाने के लिए तुमसे कोई

---

1. पाप करने का अपराध, 2. बालू, 3. परिणाम की चिन्ता न करनेवाला, 4. मुआविन का अर्थ भी मददगार होता है, 5. बादशाह, 6. सेवक बनाना (दरअसल ईरान में लोग अपने सेवकों के कानों में सोने या चाँदी की बालियाँ पहनाते थे-यह मुहावरा तभी से बना।), 7. लहर।

दरख़्वास्त करे तो तुम मंजूर करोगी?

राहील : दिलो-जान से।

ब्रूटस : अज़रा! तुम अपनी लड़की को मौत के पंजे से बचाना चाहते हो?

अज़रा : दिलो-ईमान से।

ब्रूटस : तो इजाज़त दो कि यह अपना मज़हब छोड़कर हमारे मज़हब में शामिल हो और इसके साथ तुम भी हमारे मज़हब में दाख़िल हो।

अज़रा : क्या? जो रोज़ा ज़िन्दगी के लिए तबदीले-मज़हब करें? नहीं! ज़ीनहार नहीं। मरना मंजूर है मगर यह दिल-फ़िगार[1] अज़रा तब्दीले-मज़हब-आबाई[2] में मजबूर है।

कब निभाती है ये दुनिया किसी इनसान के साथ।
क़िस्मत उस शख़्स की उठ जाए जो ईमान के साथ॥

ब्रूटस : तो क्या मेरी सलाह मंजूर नहीं?

अज़रा : हरगिज़ नहीं! अपनी बच्ची को बचाने के लिए और सबकुछ करने को तैयार हूँ मगर अपना मज़हब छोड़ने से लाचार हूँ।

ब्रूटस : बदबख़्त[3] यहूदी! मेरी सलाह तुम्हारे बक़ा-ए-हयात[4] के लिए और रूह की निजात के लिए है।

अज़रा : आदमी की निजात का सच्चा रहनुमा उसका दीनी तरीक़ा और आबाई अक़ीदा है।

हर तरफ़ से रास्ता है ख़ानः-ए-अल्लाह[5] का।
दैर[6], काबा का कलीसा[7], फेर है इक राह का॥

ब्रूटस : अपनी जान है तो सबकुछ है।

अज़रा : अपना ईमान है तो सबकुछ है।

ब्रूटस : अपना इमकान[8] है तो सबकुछ है।

अज़रा : अपना यज़दान[9] है तो सब कुछ है।

ब्रूटस : अज़रा, अज़रा! यह मेरी मेहरबानी है कि मैं इस वक़्त तेरी जान बचाने को तैयार हूँ, वरना जानता है कि मैं यहूदियों की सूरत तक से बेज़ार हूँ।

अज़रा : हाँ, और यह उसी बेज़ारी और नफ़रत का नतीज़ा है कि कुदरत

---

1. घायल दिलवाला, 2. पूर्वजों का धर्म बदलने, 3. अभागे, 4. जीवन-रक्षा, 5.अल्लाह का घर, 6. मन्दिर, 7. गिरजाघर, 8. अस्तित्व, 9. ख़ुदा।

ने तुम्हारा गुरूर तोड़ दिया है। तुम्हार घर-बार, बीवी-बच्चे सबकुछ तुमसे छीनकर तुम्हें इस दुनिया में तनहा जलने और कुढ़ने के लिए छोड़ दिया है।

ब्रूटस : मेरी पिछली जिन्दगी के वाक़ेयात तू कैसे जानता है?

अज़रा : बेदर्द रोमन! अज़रा आज से नहीं, तुझे सोलह बरस से पहचानता है। तुम्हीं हो जिसने लाखों बच्चों को यतीम और लाखों औरतों को बेवा बनाया।

ख़ुदा पर है जुल्म आशकारा[1] तुम्हारा,
हमें याद है ज़ोर[2] सारा तुम्हारा।
खुलेगी हक़ीक़त हमारी-तुम्हारी,
जब इनसाफ़ होगा हमारा-तुम्हारा॥

ब्रूटस : मैंने तेरी क़ौम के साथ जो सलूक किया, वह उसकी मुस्तहक़[3] थी। मगर अब मेरी मेहरबानी देख कि तुझे सरासर मुजरिम पाता हूँ, फिर भी तेरी जान बचाता हूँ।

अज़रा : मुझे अब जान की परवाह नहीं है। अलबत्ता यह आरज़ू है कि मरने से पहले एक पुरफ़न[4] क़ातिल रोमन का सारा कस-बस निकाल दूँ और उसके पत्थर-जैसे कलेजे में चुटकियाँ ले लेकर छाले डाल दूँ।

मैं हँसता हूँ कलेजा थामकर रोता हुआ तू हो।
मेरी आँखों में नफ़रत और तेरी आँखों में आँसू हो॥

ब्रूटस : मैं तुझे सख़्त बेवक़ूफ़ पाता हूँ।

अज़रा : मैं तुझे आज से सोलह बरस पेश्तर का वाक़या याद दिलाता हूँ। जब शाह सीज़र के कलम से तमाम रूमा[5] में हर तरफ़ आग भड़की थी, उस वक़्त तेरे घर में एक ख़ूबसूरत बीवी और बीवी की गोद में छह महीने की ख़ूबसूरत लड़की थी।

ब्रूटस : इस बात को याद दिलाने से तुम्हारी क्या मुराद है?

अज़रा : मैं पूछता हूँ कि उन दिनों के आग में जलने का वाक़या तो खूब याद है।

ब्रूटस : हाँ, मैं उस मनहूस दिन को, जब मौत ने मेरी बीवी और बच्ची को मुझसे छीन लिया, कभी नहीं भूल सकता।

---

1. प्रकट, 2. अत्याचार, 3. हक़दार, 4. प्रवीण, 5. रोम।

अभी तक ग़म से कुढ़ता हूँ अभी तक याद करता है।
मेरा टूटा हुआ दिल आज तक फ़रियाद करता है॥

अज़रा : तुम्हारी बीवी ज़रूर उस आग में जलकर मर गई, मगर बच्ची...

ब्रूटस : क्या, वह ज़िन्दा रही?

अज़रा : हाँ।

ब्रूटस : उसे किसने बचाया?

अज़रा : ख़ुदा की कुदरत ने।

ब्रूटस : किसने आग से निकाला।

अज़रा : एक रहमदिल यहूदी के हाथ ने।

ब्रूटस : वह कौन है?

अज़रा : नहीं बता सकता।

ब्रूटस : उसका नाम?

अज़रा : नहीं बता सकता।

ब्रूटस : उसका ठिकाना?

अज़रा : नहीं बता सकता।

ब्रूटस : नहीं अज़रा! नहीं! बताना होगा।

अज़रा : हरगिज़ नहीं! यह मेरा राज है जो ज़िन्दगी का दमसाज़ है।

ब्रूटस : नहीं अज़रा! मुझ पर रहम करो।

अज़रा : रहम! रहम!! आज पहला रोज़ है कि रहम का लफ़्ज़ तुम्हारी ज़बान पर आया है। अब तुम्हें मालूम हुआ होगा कि रहम की ज़रूरत मज़लूम यहूदियों ही को नहीं, ज़ालिम रोमनों को भी हुआ करती है। एक बंगाल, मुफ़लिस यहूदी के पास रहम कहाँ से आया? जाओ अपने क़ानून से माँगो। अपने देवताओं से तलब करो। अपनी क़ौम के आगे गिड़गिड़ाओ।

क्या किया है उम्र में जो रहम की सौग़ात आए।
बीज ही बोया नहीं तो फल कहाँ से हाथ आए॥

ब्रूटस : बता दे अज़रा, बता दे! मैं तुमसे अपने पिछले क़सूरों की माफ़ी चाहता हूँ। यह सर, जो मज़हबी पेशवा का ताज पहनने के बाद इस मुल्क के बादशाह के सामने भी नहीं झुका, वह तेरे क़दमों में झुकाता हूँ।

अज़रा : क्यों, कैसा झटका लगा! जब अपने सर मुसीबत आई तो

कितनी जल्दी गरदन झुकाई। तब तुमने तरस खाने से इनकार किया था, अब मैं रहम खाने से इनकार करता हूँ।

ब्रूटस : तो इनकार?

अज़रा : हज़ार बार।

ब्रूटस : नहीं बताएगा?

अज़रा : नहीं।

ब्रूटस : जवाब नहीं देगा?

अज़रा : नहीं।

ब्रूटस : रहम नहीं करेगा?

अज़रा : नहीं! नहीं! नहीं!

ब्रूटस : अच्छा नहीं, तो न सही। अब मैं ज़बर्दस्ती तेरे सीने से यह राज़ निकलवाऊँगा। तेरी एक-एक बोटी का क़ीमा बनाकर कुत्तों को खिलाऊँगा! जाओ, ले जाओ–

जला दो फूँक दो झगड़ा ही सारा पाक कर डालो।
शजर[1] के साथ ही इसका समर[2] भी ख़ाक कर डालो॥
रक्खो इसे भी वहीं जिस जगह यह आप रहे।
अब इस ज़मीन पे बेटी रहे न बाप रहे॥

राहील : मग़रूर सरदार!

ब्रूटस : मुरदार!

अज़रा : ख़बरदार!

[ड्राप सीन]

---

1. पेड़, 2. फल (यानी बेटी राहिल)।

तीसरा बाब

पहला पर्दा

[जेलख़ाना]

[गाना राहील]

बिरहिन के घर छाई बदरिया बरसत है घनघोर!
पापी पपीहा पिउ नहिं आए मोर मचाए शोर॥
मन की कली खिले आओ सँवरिया
या सूनी बगिया में मोर
कोयलिया काली काली बोले बोल भोले
जिया में रस घोले
हाँ पापी पपीहा...
न गुल पाया न बाग़े-दहर[1] में कोई समर[2] पाया,
गुलिस्ताँ जिसको कहते थे उसे काँटों का घर पाया।
कहीं अब जल्द खाली हो मेरा पैमानः-ए-हस्ती,
कि मैंने आलमे-इम्काँ[3] के मयख़ाने से भर पाया।

मारकस : *(अन्दर से)* प्यारी राहील! तुम कहाँ हो?

राहील : आहा! यह तो उसी फ़ितना-परवाज़[4] की आवाज़ है।
ज़हे-तक़दीर जज़्बे-दिल ने की तासीर दुश्मन पर।
पसे-मुर्दन[5] वो आया फ़ातेहा को मेरे मदफ़न[6] पर॥

मारकस : *(आकर)* आह राहील! मैं अपने बर्ताव से सख़्त शर्मसार हूँ। जो सज़ा दो उसे क़बूल करने को तैयार हूँ।

राहील : प्यारे मनशिया–
क्यों आए बज़्मे-ऐश से बज़्मे-अज़ा[7] में तुम?
क्यों आए मेरे वास्ते पड़ने बला में तुम?

---

1. संसार रूपी वाटिका, 2. फल, 3. अस्तित्व का संसार, 4. चालबाज़, 5. मरने के बाद, 6. क़ब्र, 7. मातमपुर्सी।

न देखा जाएगा सदमा तुम्हारे दिल से आशिक़ का।
मेरी जाँ दम निकलता है बड़ी मुश्किल से आशिक़ का॥

मारकस : इस वक़्त तुझसे आँख चुराऊँ तो हैफ़[1] है।
अब भी न तुझको पूछने आऊँ तो हैफ़ है॥

राहील : शहज़ादी से अब अक़्द[2] मेरी जान करो तुम।
बेख़ौफ़ो-ख़तर ऐश से गुजरा न करो तुम॥

मारकस : अब प्यार किसी से मेरा ज़िनहार[3] न होगा।
जब तू ही न होगी तो मेरा प्यार न होगा॥

राहील : तुम मेरे ग़म में न दिल अपना दुखाना प्यारे।
मेरे खूँ बहने पे आँसू न बहाना प्यारे॥

मारकस : प्यारी राहील! क्या तुम्हारा बाप तुम्हारे लिए अपना मज़हब नहीं छोड़ सकता?

राहील : नहीं।
वह बन्दः-ए-हक़ राहे-वफ़ा से न फिरेगा।
फिर जाएगा दुनिया से ख़ुदा से न फिरेगा॥

मारकस : मुझको कुछ ऐसे वक़्त में फ़रमान तो करो।
इज़हार अपने दिल का कुछ अरमान तो करो॥

राहील : अरमान यह है कि मेरे बाप का दिया हुआ ख़रीता[4] अपने पास रखना। अगर कोई हुक्म क़ाबिले-तामील[5] पाना तो उसे मेरी रूहो-जान की ख़ातिर बजा लाना।

मारकस : मंजूर।
जो कुछ खता हुई है करना उसे अता तुम।

राहील : प्यारे माफ़ करना मेरा कहा-सुना तुम॥
मेरी क़िस्मत ने मुझे पैके-क़ज़ा[6] को सौंपा।
जा मेरी जान! तुझे मैंने ख़ुदा को सौंपा॥

---

1. धिक्कार, 2. निकाह, ब्याह, 3. हरगिज़, 4. चमड़े का थैला, लिफ़ाफ़ा, 5. चरितार्थ करने योग्य, 6. मौत का फन्दा।

दूसरा पर्दा

[कड़ाही का मंज़र[1]]

अज़रा : ओ ज़ालिम रोमनो! मुतवातिर[2] दो सदी तक सताने, मिटाने और बरबाद करने के बाद भी तुम्हारी हैवानी जोश और हैवानी तअस्सुब ठंडा नहीं हुआ। ओ ख़ुदा! ओ ख़ुदा! आख़िर कब तक यह खूँ-यकाँ[3] नज़्ज़ारा देखा जाएगा? कब तक तेरा क़हरो-गज़ब, जो इन्तक़ाम की तलवार के क़ब्ज़े पर हाथ रखे हुए इनकी गुस्ताख़ी को नफ़रत से देख रहा है; जोश में न आएगा?

मेरे मौला कब तलक गुस्सा न इन पर आएगा?
ज़ालिमों पर रहम आख़िर कब तक फ़रमाएगा?
कब तलक होते रहेंगे बेकसों पर ज़ुल्मो-जोर[4]?
कब तलक ये मज़रे-खूनीं तू देखे जाएगा?

ब्रूटस : बदबख़्त बुड्ढे! अपना मज़हब छोड़कर हमारे मज़हब के दायरे में क्यों नहीं आता? अपने खुदा-ए-नादीदः[5] को छोड़कर क्यों नहीं हमारे ख़ुदाओं के सामने सर झुकाता?

दुरुस्त फिर से तेरी सरगुज़श्त[6] हो जाए।
अभी बदल के ये दोज़ख़ बहिश्त हो जाए॥

अज़रा : ज़ालिम रोमन! फ़ानी ज़िन्दगी का लालच दिखाकर तू इस बूढ़े को अपने आबाई अक़ी दे[7] और इलाहीदीन से नहीं बहका सकता। दुनिया की ज़िन्दगी एक ख़्वाब है और ख़्वाब के लिए मैं अपनी अख़िरत[8] की मसर्रतों[9] को ख़ाक में नहीं मिला सकता।

---

1. यानी मंच पर खौलती हुई कड़ाही दिखाई पड़ रही है, 2. लगातार, 3. रक्तपात, 4. अत्याचार, 5. न दिखाई पड़नेवाला ख़ुदा, 6. ज़िन्दगी की कहानी, 7. पारम्परिक आस्था, 8. परलोक, 9. खुशियाँ।

मौत क्या है ज़िन्दगी का लाज़िमी अन्जाम है।
मौत से डरना सरासर अहमक़ों का काम है॥
ग़म तो जब होता कि मैं मरता ख़याले-ख़ाम[1] पर।
जान जिसने दी है, दे दूँगा उसी के नाम पर॥

ब्रूटस : अच्छा देखा जाएगा! ले जाओ इनको उठाकर तेल के खौलते कड़ाहों में डाल दो।

अज़रा : चन्द मिनट, सिर्फ़ चन्द मिनट ठहरो! राहील! आख़िर वह वक़्त आ गया, जिसका मुझे इन्तज़ार था। जिसके लिए सोलह बरस से मेरा दिल बेक़रार था। मेरे दिल में एक तलातुम[2] बरपा है। बता तू, दुनिया और दीन–दोनों में से किस चीज़ को पसन्द करती है?

राहील : अब्बा जान! दुख, बीमारी और दीग़र तकालीफ़[3] से भरी हुई दुनिया के लिए हक़ीक़ी मसर्रत और जावेदानी[4] सुरूर[5] से आँखें बन्द करूँ? लाल को ठोकर मारकर पत्थर को पसन्द करूँ?
इस ज़िन्दगी के वास्ते लब पर न आह हो।
हाँ सिर्फ़ हो तो अशहदो-अन-लाइलाह[6] हो॥

अज़रा : शाबाश! ऐ मेरी नुरुल-ऐन[7] शाबाश!
ये आग तेरे वास्ते बाग़े-ख़लील[8] हो।
ये मौजे-नार[9] तेरे लिए मौजे-नील[10] हो॥
जिस वक़्त तेरी जान तेरे तन से जुदा हो।
उस वक़्त तेरे होंठो पे बस नामे-ख़ुदा हो॥

ब्रूटस : जब इसे तब्दीले-मज़हब से इनकार है तो बेकार है। जाओ, ले जाओ।
तड़प-तड़प के मरें इस तरह हलाक करो।
झुलस दो आग में इनको झुलस के ख़ाक करो॥

अज़रा : इस लड़की पर, सिर्फ़ इस शादाब[11] गुलाब की कली पर रहम करो।

---

1. झूठे विचार, 2.लहरों का झुंड, 3. तकलीफ़ों, 4. शाश्वत, 5. आनंद, 6. गवाही दी जाती है कि अल्लाह के अलावा दूसरा कोई नहीं (अरबी की आयत, एक कलमा का हिस्सा–सं.), 7. आँख का नूर, 8. 'ख़लील' उपाधि है पैगम्बर हज़रत इब्राहिम की, जिन्हें आग में डाला गया था और वे नहीं जले थे। यहाँ उसी की ओर इशारा है–सं. 9. आग की लहर, 10. नील नदी की लहर, 11. खिली हुई।

ब्रूटस : कभी नहीं। बस बूढ़े, अगर इसकी और अपनी जान बचाना चाहता है, तो बता कि रोमा की ख़ौफ़नाक और तबहकुन[1] आग से मेरी बच्ची को किसने निकाला और किसने पाला?

अज़रा : अच्छा बताता हूँ, मगर एक शर्त पर।

ब्रूटस : बोल, वह क्या है?

अज़रा : जब मैं तमाम राज़ ज़ाहिर कर दूँ तो मेरे हाथ का इशारा पाते ही इस लड़की को आग के शोलों में झोंक दिया जाए और मेरे सीने में भी आबदार खंज़र भोंक दिया जाए।

ब्रूटस : मंज़ूर है।

अज़रा : अच्छा तो सुनो! रोमा की आतशज़दगी[2] से दो बरस पहले का वाक़या है, कि तुमने महज़ सलाम न करने के जुर्म में मेरी बच्ची को उसकी माँ की गोद से छीनकर आग के तन्नूर[3] में डाला था। मगर आह ज़ालिम! ख़ूँखार रोमन! उस वक़्त, जबकि रोमा की गली-कूचों में नेज़े की आग से ज़लज़ला-अंगेज़[4] तलातुम[5] बरपा था, मैं तुम्हारे घर की छत पर चढ़ा और तुम्हारी छह महीने की शीर-ख़्वार[6] बच्ची को, जो अपनी मुर्दा माँ के सीने पर पड़ी हुई धुएँ की गर्मी से बिलख रही थी, उठा लिया और अपनी औलाद बनाकर पाला।

ब्रूटस : तुमने! आह अज़रा! मेरे मेहरबान अज़रा! तुमने निकाला और तुमने पाला?

अज़रा : हाँ! मैंने! मज़लूम और कंगाल यहूदी ने! जिसकी मासूम और बेजुबान बच्ची को तूने मौत की तन्नूर में जलाया, उसने तेरी औलाद को खौफ़नाक शोलों की लपट और तबाहकुन आग के मुँह से बचाया।

सितमगरी से चमन मेरा पायमाल[7] किया।
क़साई, तूने मेरे खून को हलाल किया॥

ब्रूटस : मगर वह कहाँ है? कौन है?

अज़रा : *(राहील की ओर इशारा करके)* वह है! ग़ौर से देख!

ब्रूटस : कौन? यह यहूदन राहील!

---

1. तबाह करनेवाली, 2. अग्निकांड, 3. भट्ठी, 4. भूकम्प मचा देनेवाली, 5. उत्ताल तरंगें, 6. दुधमुँही, 7. बर्बाद।

अज़रा : यहूदी नहीं, रोमन है। यह मेरी नहीं, तेरी बच्ची पुरमहन[1] है।

ब्रूटस : मगर इसका सबूत?

अज़रा : सबूत चाहिए? देख कंठी और माला। *(कंठी और माला दिखाता है।)*

ब्रूटस : आह! यही है, यही है मेरी लख़्ते-जिगर[2] नूर-बसर[3]! आ मेरे दिल की सुरूर[4]!

राहील : मेरा बाप!

अज़रा : ख़बरदार! वायदा पूरा करो! चलो इसको आग में झोंक दो और मुझ मुब्तलाए-महन[5] के सीने में आबदार खंज़र भोंक दो।

ब्रूटस : नहीं! मेरे मोहसिन[6] अज़रा! अब यह नहीं हो सकता।

अज़रा : क्यों नहीं हो सकता?

ग़ैर की आवाज़ का दिल में न था कुछ रंजो-दर्द।
अपनी हालत याद करके खींचते थे आह-सर्द॥
मेरी बच्ची जानकर करते थे इस पर ज़ुल्मो-जौर[7]।
जब हुआ मालूम, अपनी है, तो अब करते हो ग़ौर॥
चलो, ले जाओ।

ब्रूटस : नहीं, अज़रा! रहम कर। मेरा क़सूर माफ़ कर। मेरी तरफ़ से अपने दिल को साफ़ कर।

अज़रा : आह राहील! मेरी सोलह बरस की कमाई! जा अपने बाप के दिल को ठंडक पहुँचा।

ब्रूटस : नहीं, मेरे बुज़ुर्ग भाई। इस नूरे-नज़र ने जिस दीन के दामन में परवरिश-गर्दान[8] हुई है, उसी में आख़िरी साँस तक रहेगी।

राहील : मेरे मोहतरम[9] बुज़ुर्ग! मेरे मुक़द्दस[10] बाप! जिसके तक़द्दुस[11] ने मुझे बुतपरस्ती से निकालकर ख़ुदा के तौहीद[12] के गुलशन की गुलची[13] का इफ़्तेख़ार[14] बख़्शा है उसे कभी न छोड़ूँगी। आपकी इज़्ज़त और हमेशा की ख़िदमत से मुँह न मोड़ूँगी।

---

1. मरी हुई 2. जिगर का टुकड़ा, 3. आँख का नूर, 4. खुशी, 5. आसन्न मृत्युवाला, 6. उपकारी, 7. अत्याचार, 8. परवरिश पाई है, 9. श्रद्धेय, 10. पवित्र, 11. पवित्रता, 12. एकेश्वरवाद, 13. फूल चुननेवाली, 14. गर्व।

मारकस : प्यारी राहील! मैं अपनी गुज़िश्ता[1] बेवफ़ाई से निहायत शर्मसार हूँ और जो सज़ा इस जुर्म की दी जाए उसे क़बूल करने को तैयार हूँ।

राहील : मेरी जान! यह दुनिया मक्कार है। धोखे और फ़रेब से पुरख़ार है...

डैसिया : मेरी अज़ीज़ा[2] बहन, जबकि तुम रोमन नस्ल और मुक़द्दस पेशवा-ए-मज़हब की अज़ीज़ बेटी हो, तो फिर इनसाफ़ चाहता है कि जिस हाथ की मैं उम्मीदवार हूँ, वह तुम्हारे गुलु-ए-आबदार का ज़बूर[3] बनाया जाए। मेरी खुशी में तुम्हें भी हिस्सेदार बनाया जाए।

बादशाह : हाँ, ऐसा ही होना चाहिए।

[मंजर[4] का बदलना]

(सबका आना और शादी का एहतमाम[5])

बादशाह : फ़र्खे-सईद[6] रश्के-समाद[7] समक[8] रहो।
ज़िन्दा रहो निहाल रहो हश्र तक रहो॥

ब्रूटस : खुश एक-दूसरे पर सदा मेह्रबाँ रहो।
ज़िन्दा रहो निहाल रहो शादमाँ[9] रहो॥

[गाना]

आओ गोइयाँ मिल गावैं
सजन-मोहन को रिझावैं।
पिया जिया बिया मैं तो पे वारूँ
सब जान
आओ...
सजन मोहन आओ
आओ बिरहा अगिन को बुझाओ।
कारे नैनाँ मन भावैं लुभावें

---

1. पिछली, 2. प्यारी, 3. यहूदियों की पवित्र पुस्तक (यहाँ हार या शोभा से तात्पर्य है।) 4. दृश्य, 5. आयोजन, 6. मुबारकबाद, 7. समद-एक बादशाह का नाम, 8. बुलन्द, 9. ख़ुश।

हिया में बसे तोरे नैन
नाहीं है चैन
कटे ना रैन
सजन मुख दिखाओ
आओ।

[ड्राप का गिरना]

●●●